KB001974

할머니의 좋은 점。

평범한 사람 주 여사의
조금 특별한 매일

할머니의 좋은 점.

김경희 지음

나의 할머니, 주옥지 여사에게

일주일에 한 번씩은 할머니 집에서 자려고 한다.
밤늦게 퇴근하고 일찍 출근해서 잠만 자고 오는 게 전부지만
그렇게라도 해야 주 여사의 얼굴을 볼 수 있으니까.

할머니 집에 도착하면,
안방에서 두 손을 모으고 입을 살짝 벌린 채
이따금 코를 골며 바닥에 이불을 펴고 자는
주 여사를 볼 수 있다.

주 여사 방에는 큰 침대가 있지만,
친구가 침대에서 떨어져 크게 다친 이야기를 들은 후부터는
낮잠 잘 때를 제외하고 늘 바닥에서 잔다.

샤워를 끝내고 다시 할머니가 있는 방으로 향한다.
내가 볼 수 있는 거라곤 할머니가 옆으로 누워서 자는 뒷모습.
할머니의 숨소리를 확인하고 침대에 올라가 잠을 잔다.

주 여사는 한밤중에 화장실에 가는데,
침대 밖으로 삐져나온 손녀의 발을 보고는
이불 하나를 더 꺼내 발 위에 덮어준다.
캄캄한 방 안에서 손녀의 얼굴은 보지 못하고,
발만 보는 셈.

다음 날 아침, 내가 일어나면 주 여사도 따라 분주해진다.
뭐라도 먹여서 보내야 하는데
아침을 안 먹는 손녀는 기어코 사양한다.

할머니는 내가 거실과 방을 오가며
출근 준비하는 뒷모습만 본다.
나는 부엌에서 계란 프라이를 하고
사과 반쪽을 깎는 할머니의 뒷모습만 본다.

그리고 서둘러 집을 나서면 할머니는
기어코 문 앞까지 배웅을 나온다.
그걸로도 부족한지, 아파트 복도에 서서
창문 너머 걷고 있는 나를 향해 손을 흔든다.

'할머니 어여 들어가.'

그제야 멀리서나마 눈을 마주치며 얼굴을 보는 셈.
우리는 서로의 뒷모습을 가장 많이 본다.

나는 그때마다 사진을 찍는다.

나도 모르는
내 뒷모습을 바라봐주는 사람이 있다는 게,
좋아서.

그게 나의 주 여사라서.

매번 내 뒷모습을 봐주는 유일한 한 사람.

prologue.

주 여사와 김경희

주 여사와 둘째 동생, 그리고 구석에 있는 김경희.

주 여사와 나의 첫 만남은 1989년 5월 25일 서울의 한 산부인과에서였다. 주 여사의 딸은 열세 시간 진통 끝에 아이를 낳았다. "아이고 아이고, 드디어 나왔네." 주 여사는 신생아실 창 너머 빽빽 울고 있는 갓난아이와 눈을 마주쳤다. 주 여사에겐 다섯 번째 손주를, 내게는 세상에서 단 하나뿐인 외할머니를 처음 본 순간.

나의 탄생은 주 여사에게 2차 육아 인생의 시작이기도 했다. 같이 살고 있던 딸과 사위는 돈을 벌어야 했으니 갓 태어난 아이를 돌볼 여력이 없었다. 육아는 오로지 주 여사의 몫이었다. 병원에서 나와 집으로 온 나는 주 여사와 대부분의 시간을 함께 보냈다. 주 여사가 나를 키웠는데 나는 그 시간을 기억하지 못한다. 작은 핏덩이를 재우고 먹이고 씻기며 보냈을 그 고단한 삶을 기억하지 못하다니. 배은망덕한 인간이여. 혹여 기억했더라면 나는 주 여사에게 매달 월급의 반을 가져다줘야 하지 않았을까? 주 여사는 나도 기억 못 하는 나의 시간을 가장 많이 기억해주는 유일한 사람.

일곱 살. 유치원에서 점심으로 피자가 나왔는데, 정신없이 먹는 아이들 틈에서 나는 얼굴을 찡그리며 생각했다. '어휴, 저게 뭐가 좋다고 저렇게 먹는 거야?' 왜 안 먹고 있냐고 묻는 선생님께 대답했다. "아! 저는 냄새나서 피자 안 좋아해요." 카레가 나왔을 때도 마찬가지였다. 그러곤 집에 가서야 주 여사가 끓여준 청국장에 밥을 허겁지겁 먹었다. 주 여사는 피자와 카레를 볼 때마다 냄새나서 싫다 했고, 나는 주 여사의 말만 듣고 피자와 카레를 싫어하게 되었다. 실로 엄청난 사랑이다. 할머니가 싫어하는 건 나도 싫다며 점심을 굶는 아이라니. 피자와 카레를 좋아했던 엄마는 내게 몇 번이고 먹여보려 했지만, 그때마다 나는 거부했다. 20년이 훌쩍 지난 지금, 주 여사와 나는 여전히 카레를 먹지 않고, 먹을 게 피자밖에 없으면 한두 조각 깨작깨작 먹고 만다. 우린 운명이다.

열다섯 살. 뭐든 주 여사의 말이 옳고, 주 여사의 세계에 살았던 내게 자아가 생겨나고 말았다. 그것도 고약한 자아가. 집에 도착하면 옷을 허물 벗듯 던져놓고 방문을 쾅쾅 닫으며 늘 날이 서 있었다, 고 한다. 당최 나는 그런 기억이 없지만 그랬었다는 주 여사의 확신 가득한 말에 반박할 수 없다. "아휴, 알아서 할게", "놔둬 놔둬", "할머니 아 쫌!" 이 세 가지가 나의 레퍼토리였다고 한다. 나로서는 정말이지 알 수 없다. 내가 기억하는 건, 160센티미터였던 주 여사의 키를 그때쯤 넘어섰고, 주 여사의 노동을 덜기 위해 청소와 빨래를 조금씩 거들기 시작했다 뭐 그런 것인데 말이지. 그뿐인가? 요리책을 사서 밑반찬을 만들어놓고서는 "할머니 오늘 저녁 안 해도 돼, 내가 다 해놨어" 그랬는데 분명. 주 여사와 김경희의 동상이몽이다.

스물네 살. 학생에서 직장인이 되면서 주 여사와 나의 관계에 온도가 바뀌었다. 여전히 주 여사가 해주는 밥을 먹고, 주 여사가 빨아주는 옷을 입고, 주 여사가 청소해준 방에서 지냈지만, "할머니 용돈"하며 슬쩍 봉투를 건넬 수 있게 된 것이다. 게다가 종종 노인정에 간식을 사다 드리며 주 여사 어깨를 한껏 올려드리기도 했다. 20여 년 정도 키우면 사람이 되는 걸까? 할머니는 그즈음 내게 유난히 따뜻했는데, 내가 용돈을 드려서인지 아니면 내가 이제야 돈을 버는 어른이 됐으니 그 대접을 해줬던 건지 모르겠다. 97퍼센트 확률로 왠지 용돈 때문인 것 같지만 말을 줄이기로 한다.

올해로 주 여사와 함께한 지 꼬박 32년째. 28년을 한집에서, 때로는 10미터 거리의 같은 아파트 단지에 살며 매일 얼굴을 보며 살았다. 이제는 얼굴 대신 목소리로 매일 서로의 안부를 묻고, 일주일에 한 번씩 얼굴을 보며 산다. 먹고살기 바쁜 자식 네 명을 대신해 살뜰히 주 여사를 챙긴다. 장을 봐주고, 좋아하는 음식을 배달시켜주고, 아플 땐 죽을 사 들고 달려간다.

주 여사의 시간을 가장 많이 기억하고 싶은 나는, 내가 기억하지 못하는 시간에 나를 돌봐준 그 시간을 갚는 중이다. 그러니까 주 여사와 나는 1931년생 할머니와 1989년생 손녀 관계이자, 32년째 기브 앤 테이크를 즐기는 사이.

chapter 01.

살다 보니 아흔 살

chapter 02.

그러니까 오래 봐, 오래 보면 돼

chapter 03.

그저 방 정리나 잘하면

할머니의 좋은 점

chapter 1.

살다 보니 아흔 살

열한 개의 장면들

□

○ 이 글은 주 여사의 평범한 하루를 다큐멘터리 〈인간극장〉 형식으로 풀어냈습니다. 취재 당시 주 여사님은 여든아홉이셨습니다.

현재는 아흔 살이십니다.

S #1. 어쩐지 평범하지만 재밌는 일상이 펼쳐질 것 같은 인천의 한 아파트 – 이른 아침

이곳은 주 여사네 집. 평일 아침을 깨우는 건 함께 사는 막내 손녀의 핸드폰 알림 소리. 고3인 막내 손녀는 등교 준비를 위해 침대에서 일어나 화장실로 향한다. 손녀가 움직이는 소리에 주 여사도 몸을 뒤척이며 잠에서 깬다. 헝클어진 머리를 매만지며 이부자리를 정리한다. 화장실에서 나온 손녀가 교복을 챙겨 입는 사이 주 여사는 부엌으로 향한다. 냉장고 문을 열고 반찬 통을 꺼내려는 순간, 손녀딸이 말한다.

막내 손녀 : 할머니 나 밥 안 먹어.

주 여사 : 애가 디나(되나) 안 디나 안 먹는다고 하네.
공부하려면 밥 먹어야 해.

올해로 여든아홉인 주 여사. 목소리는 열아홉 손녀
보다 크다.

주 여사의 막내 손녀는 지지 않고 답한다.

막내 손녀 : 아아아아아악 밥 안 먹어! 빵이랑 과일
먹을 거야.

한국 사람은 밥을 먹어야 하는데 큰일이라며 중얼거
리지만, 뭐라도 먹는다니 별수 없다.

주 여사는 반찬 통 대신 냉장고에 있던 과일을 꺼낸다.

주 여사 : 빵에 계란 입혀서 토스트 해줘?

막내 손녀 : 아니 할머니, 내가 할 테니까 할머니도 같
이 먹자.

주 여사 : 아휴 난 됐어. 난 그런 거 싫어. 너나 잘 만
들어서 먹어.

식탁엔 잘 구워진 식빵과 초콜릿 잼, 청포도와 감귤
주스가 놓인다. 막내 손녀는 주 여사에게 아침 식사를
권한다. 주 여사는 연신 거절한다. 일흔 살 차이 나는 둘
은 계속 옥신각신한다. 손녀의 등쌀에 얼굴을 잔뜩 찌

푸리며 초콜릿 잼이 발린 식빵을 한입 베어문 주 여사.
이내 얼굴이 핀다.

　　주 여사 : 괜찮네?

　　주 여사는 손녀 옆에 자리를 잡고 앉는다.

1분 전, 한국 사람은

밥을 먹어야 한다며 목소리를 높였지만.

빵이 생각보다 입에 맞는 주 여사.

손녀는 학교에 가고 집에 혼자 남은 주 여사. 리모컨부터 찾는다. 26번 또는 27번을 틀고는 TV 앞에 자리를 잡는다. 오늘은 별다른 재미가 없는지 TV에 집중을 못 한다.

'청소나 해볼까?' 생각하는 주 여사. 그런데 일어나지 않는다. 거실 한쪽에 청소기가 있지만 눈길도 주지 않는다. 그러다 손바닥으로 바닥을 쓸기 시작한다. '세상에 머리카락 천지네 천지.' '머리카락 기다란 거 봐봐. 누가 보면 귀신 사는 줄 알겠어.' 그러고는 엉덩이를 끌면서 조금씩 반경을 넓히며 손바닥으로 바닥을 쓴다. 뭉쳐진 머리카락이 한 움큼이다.

PD : 할머니, 청소 다 하신 거예요?

주 여사 : 내가 예전엔 전기 꽂고 청소기도 돌리고, 걸레질도 싹 했는데 이제는 힘들어서 그렇게 못 해. 청소기도 줄도 없고 가벼운 거로 바꿨는데 그래도 무겁더라고. 그래서 눈에 보이는 머리카락만 손바닥으로 쓸어.

5분 만에 청소를 마친 주 여사. 뿌듯해하며 자리에서 일어난다.

S #3. 화장실 - 오전 10시

주 여사, 시계를 확인한다. 서둘러 손을 씻고 이내 얼굴을 씻는다. 그러고는 손에 남은 물기로 머리를 적신다.

주 여사 : 이렇게 물 묻히면 붕 뜬 머리가 가라앉고 그래. 예전에는 빗질도 부지런히 했는데, 다 귀찮아. 그냥 손으로 빗으면 돼.

꾸미는 게 귀찮아진 주 여사. 편한 게 최고라 말하며 빠르게 외출 준비를 한다.

주 여사가 20년 넘게 다닌 아파트 노인정. 부지런한 할머니들은 이미 일찍 도착해 한바탕 수다를 떨고 있다.

노인정 할머니 일동 : 형님 왔어요?
주 여사 : 일찍들 왔네?

오늘은 노인정에 식사를 챙겨주는 분이 오는 날. 덕분에 할머니들은 점심을 기다리며 방에 앉아 있다.

PD : 매일 이렇게 식사 차려주는 분이 오시나요?

주 여사 : 예전에는 우리가 밥이며 반찬이며 다 해 먹었는데, 다들 나이가 드니까 그게 힘들더라고. 위에서 쌀값 지원해주고 그랬는데, 이제는 인력도 지원해줘. 노인정 경비로 사람 부르는 거지 뭐.

오늘의 메뉴는 구수한 청국장에 각종 밑반찬. 그런데 밥을 먹는 주 여사의 표정이 영 떨떠름하다. 주 여사가 조용히 속삭인다.

주 여사 : 밥 차려주는 양반이, 조미료나 이런 걸 안 좋아한다고 하더라고. 그래서 그런지 영 맛이 없어. 그런데 밥 차려준 사람한테 맛없다고 하면 안 되잖아.

평소에는 몰래 내가 부엌 가서 소고기 다시다랑 미원을 넣는데 오늘은 좀 늦게 와서 못 넣었어. 그냥 주는 대로 먹어야지 뭐.

시부모님부터 남편, 자식들, 그리고 그 자식들이 낳은 아이들까지 삶의 대부분을 남의 끼니를 챙기며 보낸 주 여사. 밥 차리는 게 지긋지긋해서 남이 해준 음식이면 다 맛있는 거지 싶다가도 조미료 빠진 음식을 먹는 건 영 괴로운 일이다.

"요리는 말야,
손맛이 아니라 조미료 맛이야."

S #5. 노인정 - 점심시간 직후

점심을 마친 주 여사, 식곤증이 몰려온다. 자꾸 눈이
감긴다. 보일러를 틀어놓은 바닥은 뜨끈뜨끈. 눕고 싶
은 기색이 역력하지만 어쩐지 가만히 앉아 시계만 뚫어
져라 본다. 소화 기능이 약한 주 여사. 조금이라도 많
이, 또는 늦은 시간에 먹으면 바로 체하기 십상이다. 누
우려는 몸과 누우면 안 된다는 생각 사이에서 한참을 싸
우다 보니, 어느새 시곗바늘이 12시 20분을 가리킨다.

'가만 보자, 내가 12시에 밥을 먹었으니까⋯ 20분 지
났으면 괜찮지 뭐.'

바닥에 허리를 대고 눕고는 씩 웃는다.

PD : 할머니, 너무 뜨겁지 않으세요?

주 여사 : 난 좋아. 하루 종일 허리만 지지고 싶어.

S #6. 노인정 - 오후

　배부른 주 여사. 노인정에 모인 할머니들과 둘러앉아 이야기를 나눈다. 매일 만나는 사이지만 늘 이야기가 끊이질 않는다. 그때 울리는 주 여사의 핸드폰. 서둘러 주머니에 있던 은색 폴더폰을 꺼낸다. 화면에 뜬 손녀 이름을 확인하고 전화를 받는다.

　주 여사 : 응응, 밥 먹었어. 내 걱정은 하지 마. 응응 그래. 잘 갔다 와.
　노인정 할머니 1 : 손녀딸이야? 어쩜 그렇게 매일 전화를 한대? 우리 애들은 1년에 한 번 할까 말까인데.
　주 여사 : 아휴 몰라 귀찮아 죽겠어. 매일 전화 받는 것도 일이야 일.
　노인정 할머니 2 : 어떻게 키웠길래 그렇게 애들이 할머니한테 잘한대?
　주 여사 : 뭘 어떻게 키워. 그냥 지들이 알아서 큰 거지.

　귀찮다고 말하는 주 여사 입꼬리가 슬쩍 올라간다.

S #7. 중앙아파트 분리수거장 - 다음 날 오전

주 여사는 오늘도 노인정으로 향하기 위해 집을 나선다. 늘 팔짱을 끼고 걷던 주 여사 손에 짐이 많다. 택배박스와 스티로폼이 한가득하다. 분리수거를 하러 가자 경비아저씨가 거들며 묻는다.

경비원 : 두 명이 사는 집인데 무슨 짐이 이렇게 많아요?
주 여사 : 아니, 손녀딸이 맨날 뭘 보내. 쓰레기 많이 나오니까 보내지 말라고 해도, 잘 챙겨 먹어야 한다면서 계속 보낸다니까. 귀찮아 죽겠어요. 이거 정리하고 버리는 것도 일이야 일.

고단수 주 여사. 말과 표정이 다르다.

"일이야 일."

노인정에 도착한 주 여사. 이미 방 안에는 판이 벌어진 지 한창이다. 초록색 담요를 가운데 두고 할머니 세 명이 둘러앉아 있다. 화투를 치는 이도 구경하는 이도 모두 열중이다.

1년 전 화투판을 은퇴한 타짜 주 여사는 화투를 보면 사람을 볼 수 있다며 꿀팁을 슬쩍 알려준다.

하나. 실컷 돈 다 따놓고, "이제 그만해야지" 하는 사람은 멀리해라. 10원짜리 동전으로 치는 화투지만, 그것도 돈이라고 욕심부리면서 자기 사리사욕만 채우려는 인간이다.

둘. 지가 못해서 지는 걸 패가 안 좋다며, 패 돌린 사람 탓하는 인간은 상종을 말아라. 뭐든 남 탓하는 인간 옆에 있으면 피곤하다.

셋. 돈 빌려가고 안 갚는 사람도 상종을 말아라. 몇십 원, 몇백 원, 있어도 그만 없어도 그만인 돈이지만, 하나를 보면 열을 알 수 있는 법이다.

주 여사의 꿀팁이 이어지는 동안 총 세 번의 판이 이어졌다. 그리고 시작되는 "아이고 허리야", "눈이 침침하네" 할머니들의 말에, 강원도 할머니가 담요를 접더니 굳은 결심을 한 듯 화투를 쓰레기통에 넣었다. 오전 10시부터 저녁 6시까지 종일 거뜬하게 화투를 쳤던 할머니들. 하지만 20년이 지났다. 모두 기력이 쇠하고 이제는 주기적으로 병원에 다니는 이들이 대부분. 바닥에 앉아 고개를 숙이고 화투를 치다 보면 허리부터 목까지 여간 아픈 게 아니다. 모두가 아쉽지만, 치면 칠수록 자세가 나빠지고, 나빠진 자세는 통증으로 이어지니 별수 없다. 담요는 옷걸이 밑에 쓱 던져놓았다.

S #9. 노인정 - 한가로운 오후

모두가 TV를 보고 있는데 밖에서 누군가가 부른다.

703호 할머니 아들 : 어머니, 저 왔어요.
703호 할머니 : 이거 우리 아들 목소린데?

할머니들, 매일 TV 소리 크게 해놓고도 잘 안 들리네 하더니 자기 핏줄 목소리는 기가 막히게 잘 듣는다.

노인정 여닫이문이 스르륵 열리고, 중년의 남자가 나타나 인사를 한다.

703호 할머니 아들 : 안녕하셨어요? 귤이 맛있길래 한 박스 사 왔어요. 달고 맛있으니 입 심심할 때 하나씩 드세요.
노인정 할머니 일동 : 아이고 고마워요, 잘 먹을게요.

703호 할머니 어깨가 한껏 올라간다. 703호 할머니의 아들이 가자, 할머니들이 분주해지기 시작한다. 부지런히 박스에 있던 귤을 방바닥에 다 꺼내놓는다. 한 할머니는 부엌에 가서 비닐봉지를 잔뜩 가져온다. 여기저기서 간식들을 많이 가져다주니 못 먹고 버리는 게 더 많아, 작년부터는 노인정으로 간식이 들어오면 똑같이 공평하게 나눠 집으로 가져간다. 나는 못 먹어도 집에 있

는 식구들이라도 주는 게 낫지 않나 싶어서 결정한 건데
모두가 만족해한다.

그나마 젊은 78세 1동 502호 할머니가 몸을 부지런히
움직이며 귤을 하나씩 나눠 담는데, 은근슬쩍 자기 앞에
있는 봉투에만 귤을 두세 개씩 넣는다. 그걸 지켜본 주
여사와 강원도 할머니는 서로 눈을 마주치며 속삭인다.

주 여사, 강원도 할머니 : 으이구 젊은 애가 욕심만 많
아서는 쯧쯧.

노인정 할머니들이 하나둘씩 신발장 앞에서 신발을 신는다. 아직 집에 갈 시간까지는 꽤 남았는데 무슨 일인가.

PD : 벌써 집에 가세요?

주 여사 : 날이 좋아서, 요 앞 공원 한 바퀴 돌면서 산책하려고.

매일 집과 노인정을 오가는 게 다고, 늘 앉거나 누워 있으니 딱히 건강을 챙길 방법이 없다. 더울 땐 더워서, 추울 땐 추워서 못 하는 산책이기 때문에 이렇게 덥지도 춥지도 않은 봄가을엔 자주 밖으로 나가려고 한다. 그마저도 한 달에 한두 번이지만.

아파트 단지를 나와 걷다 보니 똑같은 조끼를 입고 쓰레기를 줍는 노인들이 보인다.

PD : 할머니, 왜 그렇게 빤히 보세요?

주 여사 : 나도 하고 싶어서 그렇지 뭐. 자식들이 암만 용돈을 줘도 내 힘으로 번 돈이랑은 또 다르거든. 쓸모 있는 사람 같고. 저것도 젊어야 할 수 있는 건

데, 아쉬워.

  돈을 받아 쓰는 것과 벌어 쓰는 것은 차이가 있다며,
돈은 벌 수 있을 때까지 벌어야 한다고, 밥벌이를 멈추
지 말라고 당부하는 주 여사다.

S #11. 아파트 단지 – 저녁

해가 짧아졌다. 각자 집으로 돌아가야 할 때. 주 여사는 1동 할머니들과 함께 노인정을 나서 걷는다. 종일함께 했는데도 이야기가 끊이질 않는다. "오늘 저녁은 뭐 해 먹게?", "오늘은 TV에 뭐 재밌는 거 해?" 말하기 바쁘다. 노인정과 집은 3분 거리. 그 길이 아쉬워 천천히 걷는다. 주 여사의 삶의 후반전 반경은 30미터 남짓. 별 탈 없이 제집에서 보내는 평온하고 조용한 일상이 마냥 행복하다.

PD : 할머니, 내년이면 90세네요. 기분이 어떠세요?
주 여사 : 뭐 어때, 그냥 한 살 더 먹는 거지 뭐.
PD : 언제가 제일 좋았어요?
주 여사 : 뭐 지금이 제일 좋지.

내일도 주 여사의 하루는 비슷할 것이다. 아침에 일어나 TV를 보고, 노인정에 출퇴근하는 나날. 산전수전다 겪은 주 여사는 지금이 제일 좋다고 말한다. 지혜로운 할머니나 철든 사람으로 살 생각은 없다고. 그저 이따금 남 흉도 보고, 웃으며 그렇게 살 거라고. 지금 이순간을 즐기면서. 그것이 주 여사가 사는 법이다.

"예쁘게 나오냐."

할머니의 노동

□

친구들은 학교 끝나고 집에 가면 엄마가 있다고 하는데, 우리 집에는 엄마 대신 할머니가 있었다. 밖에서 일하는 엄마는 딸들이 학교에서 돌아올 시간에 집에 없었고 가사노동은 자연스레 외할머니인 주 여사의 몫이 됐다. 친할머니는 일하는 엄마를 못마땅하게 여겼다.

"너는 남편이 벌어다 주는 돈으로 착실하게 살림이나 하지, 왜 남편 뒷바라지 안 하고 밖에서 일하니?"

주 여사는 딸을 늘 안쓰러워했다.

"쉬지도 못하고 매일 일해서 어쩌냐."

그래서였을까? 주 여사는 늘 가족들의 미래와 좀 더 나은 삶을 위해 일하고자 했던 엄마의 욕망을 응원했다. 자신의 삶을 포기함으로써.

주 여사는 아침 일찍 일어났다. 자는 손녀딸들을 깨워 씻기고 옷을 입혀 학교로, 유치원으로 보내며 하루를 시작했다. 딸과 사위도 출근하고 나면 본격적으로 청소를 시작했다. 청소기를 돌릴 때도 있었고, 힘에 부칠 때면 갈색 빗자루로 집 안 곳곳을 쓸었다. 그러고 나서는 등을 굽히고 딱딱한 바닥에 무릎을 부딪쳐가며 걸레질을 했다. 새카매진 걸레를 빨아 널어놓고 나면 아침 일과 끝. 6층 할머니와 함께 수다를 나누면서 틈틈이 빨래도 하고 바느질도 하며 시간을 보낸다. 손녀딸들이 유치원과 학교에서 돌아올 때면 김치전을 부치고, 감자를 쪄서 간식으로 내어줬다. 저녁이 되면 부지런히 부엌에서 밥을 차렸다. 밤늦게 퇴근하는 딸과 사위를 기다리며 손녀딸들의 숙제를 봐주고는 했다. 온종일 자식을 위해, 손녀들을 위해 노동하면서 지낸 셈이다.

할머니의 노동 덕분에 엄마와 아빠는 집 밖에서 일을 할 수 있었다. 그렇게 번 돈으로 나와 동생 1호, 동생 2호는 피아노를 배우고, 영어를 배우고, 계절마다 새 옷을 입으며 컸다. 할머니의 노동 덕분에 집에서는 쾌적한 환경에서 제대로 된 끼니를 챙겨 먹었다. 그렇게 큰 내가 돈을 벌기 시작한 지 올해로 9년이 됐다. 아이가 자라 스스로 돈을 벌 수 있게 된 건, 할머니의 노동이 있었기에 가능한 일. 나는 할머니의 노동으로 자라 어른이 됐다.

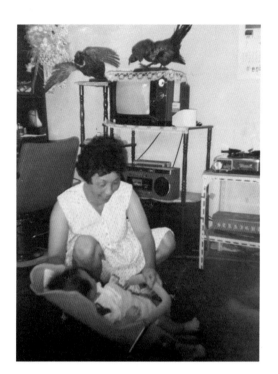

30년 전 주 여사와 김경희.

해야 하는 말, 하고 싶은 말

할머니는 일흔 살 차이 나는 막내 손녀딸(김경희의 동생 2호)과 함께 살고 있다. 할머니, 엄마, 아빠, 우리 세 자매가 같은 아파트에 살다가 이사를 하게 되면서, 할머니와 막냇동생만 남은 셈이다. 20년 넘게 산 동네를 떠날 수 없었던 주 여사와 학교를 옮기고 싶지 않았던 손녀딸 둘만의 동거가 시작된 것이다.

주 여사와 통화를 하다 보면 동생 2호의 목소리가 들릴 때가 있다. 그때마다 내가 "둘이 싸우지 말고 사이좋게 놀아" 하면 할머니도 나도 웃는다.

"안 싸워. 근데 매일 다른 것만 먹는다고 하니까 큰일이야. 어제 김치찌개 먹었다고 오늘은 못 먹겠다는데 아휴 증말."

주 여사가 한숨을 쉬자 전화기 너머 동생 2호가 반격하는 소리가 들린다.

"어제도, 엊그제도 계속 김치찌개야. 이러다 내 몸에

서 김치즙 나오겠어."

　매일 티격태격해도 큰 말썽 없이 사이좋게 지내는
둘이다.

　동생에게 전화를 걸면 종종 툴툴거릴 때가 있다. 주
로 할머니의 잔소리 때문. 할머니는 매일 배달 어플로
저녁을 주문하는 막내에게 "너무 자주 시키는 거 아니
야?"라 말한다. 독서실에서 공부하고 올 때는 "일찍 다
녀, 집에서 공부해"라 말하고, 집 앞에 택배가 쌓일 때
는 "돈 너무 헤프게 쓰는 거 아니야?"라 말한다. 할머
니의 말 하나하나가 동생에겐 잔소리로 들린다. 그때마
다 막내는 "할머니 자꾸 잔소리하면 나 대학 가서는 엄
마 집에서 산다" 하며 맞받아친다. 그럼 할머니는 "그
래 너 하고 싶은 대로 해라" 말하고, 둘은 옥신각신한
다. 이럴 때면 일흔 살 나이 차이도, 할머니와 손녀 관
계도 무색하다.

　하루는 할머니네에 갔다 동생이 없는 틈에 물었다.
"할머니, 막내가 엄마네 가서 산다는데 괜찮아?" 아니
란다. "그럼 할머니 마음은 어떤데?" 같이 살고 싶단다.
그런데 왜 맘대로 하라고 그러느냐 물으니, 엄마 집에
서 살고 싶다 하면 별수 없지 않겠냐고. 혹여 계속 같
이 살자고 말하면 부담스러워하지 않겠냐고. 막내도 넓
은 집에서, 편히 살고 싶지 않겠냐고. 그래서 같이 살자
는 말 대신 "너 하고 싶은 대로 해"라고 말한다고 했다.

할머니는 '해야 하는 말'과 '하고 싶은 말'을 사이를
맴돌다 늘 해야 하는 말을 한다. 그럴 때면 나는 할머
니에게 해야 하는 말 말고 하고 싶은 말을 하라고 한다.
말하지 않으면 모른다고, 서로의 마음을 헤아리고 배려
하는 것도 중요하지만, 함께할 수 있는 시간은 한정적
이지 않냐고. 그런데도 할머니는 여전히 해야 하는 말
을 한다.

내 입맛 다 버려놨어

주 여사는 손녀들이 밖에 나갈 때마다 어딜 가냐고 묻는다. 출근과 등교를 제외하고는 대부분 "카페 갔다 올게"가 우리의 대답이다. 그럴 때면 주 여사는 도대체 카페는 왜 그렇게 자주 가냐며 궁금해했다. 할머니에게 커피란 노인정에서 한 개씩 타 먹는 믹스커피가 다였다. 180개짜리 한 박스를 사다 놓으면 몇 개월이고 마음 편히 먹을 수 있는 것. 그런데 한 잔에 5천 원짜리 커피를 마시러 매일 집 밖으로 나간다니, 이해할 수 없었다. 그뿐인가? 집에 올 때도 사 들고 오는 걸 보면 아무래도 손녀가 커피에 중독된 게 아닐까 걱정하기도 했다.

하루는 카페에서 일하던 동생 1호가 퇴근하면서 할머니 드린다고 보온병에 커피를 담아왔다. 나는 할머니가 이런 건 안 드실 거라 얘기했지만, 동생 1호는 달달해서 괜찮을 거라며 할머니를 불렀다. 동생은 화이트 모카를 컵에 따라 할머니에게 건넸다.

"할머니 이거 우리가 먹는 커핀데, 마셔봐."

할머니는 몇 번 싫다 하더니 한 입 마시고는 컵을 두 손으로 쥐고 홀짝홀짝 한 잔을 다 마셨다.

"이렇게 맛있는 커피는 처음 먹어보네. 너희가 매일 마시는 게 이거였어?"

"아니 우리는 쓰고 시커먼 거 마셔. 한번 마셔볼래?"

이번엔 아메리카노를 건넸다. 할머니는 이런 걸 왜 돈 주고 사 먹냐며, 시커먼 거 먹지 말고 방금 나한테 준 거나 사 마시라고 말했다.

이후 할머니는 밖에서 밥 먹고 나서 카페에 가자는 손녀의 말에 더는 싫다고 하지 않았다. 함께 카페에 가서 커피를 마시면서 연신 "맛있다, 맛있어" 한다. 다양한 커피 맛을 알려드리기 위해 매번 다른 카페 메뉴를 내밀면, 그때마다 할머니는 "이거는 좀 덜 달아, 저번에 마신 게 더 맛있네" 의견을 표하며 자신만의 커피 취향을 만들어나갔다. 그렇게 만들어진 주 여사의 커피 취향은 드○탑의 휘핑크림을 뺀 화이트모카와 스△벅스의 연유를 한 번 더 추가한 돌체라떼.

할머니와 따로 떨어져 살게 되면서 나는 할머니 집에 갈 때마다 커피를 사 간다. 하루는 퇴근하고 할머니 집에 가는 길에 마땅히 들를 카페가 없어 편의점으로 향했다. 악마의 유혹, 카페라떼 등 달달한 커피음료를 잔뜩 골랐다. 봉지 가득 커피를 담아 할머니 집에 도착. 하나

마셔보라며 편의점 커피를 건넸다. 할머니는 빨대로 한 번 쪽 빨더니 내려놓으며 말했다.

"에이 이건 못 먹겠다."

이게 얼마나 맛있는지 아무리 어필해봐도 공장에서 찍어낸 맛이라며 웃는다.

"너희가 내 입맛 다 버려놨어."

그러더니 슬쩍 내 쪽으로 밀어내며 나보고 마시라고 하는 게 아닌가? 하는 수 없다. 앞으로는 주 여사의 커피 입맛을 버려놓은 손녀들이 공장 커피 말고, 사람이 만든 커피를 대접하는 수밖에.

믹스커피 인생 30년을 뒤로하고
새로운 커피숍 커피에 눈뜬 주 여사.

아흔, 어떻게 살 것인가

□

주 여사가 내 방 한쪽 벽을 가득 채운 책들을 빤히 본다. 그러다가 책 한 권을 집어들고 묻는다.

"이거 빌려줄 수 있어?"

주 여사가 고른 책은 유시민 작가의 『어떻게 살 것인가』.

할머니는 바닥에 앉아 작게 소리 내며 천천히 읽기 시작한다. 허리를 구부리고 고개를 숙인 채 책을 읽던 할머니는 이제 집에 가야 한다며 자리에서 일어선다.

빽빽하게 꽂힌 책들을 한참 보다가 할머니가 빌려간 책이 빠진 자리를 또 한동안 바라봤다. 아흔의 할머니에게도 사는 일이라는 건 여전히 알 수 없는 걸까?

어떻게 사는 것인지쯤은 가볍게 말해줄 것 같은 주 여사가 『어떻게 살 것인가』를 집은 걸 보면 사는 건, 계속 질문을 던지는 일인 건가 싶다.

어떻게 살 것인가 고민하며
오늘도 읽기를 멈추지 않는
주 여사.

산으로 가는 대화 : 욕심에 대하여

김경희 : 안녕하세요, 주 여사님. 오늘은 손녀 김경희
와 함께 '욕심'을 주제로 이야기를 나눠보려고 합니다.

주 여사 : 웬 욕심?

김경희 : 그냥. 요즈음 내가 좋아하는 사람들한테 사
랑받고 싶고, 뭐든 잘하고 싶은 욕심이 생기더라고. 그
래서 말인데 할머니는 살면서 무슨 욕심이 제일 많았
어?

주 여사 : 나는 돈 욕심이 제일 많았지. 내가 애들을
키우는데, 애들이 다 공부를 못하는 거야. 그때는 시험
을 쳐서 중학교에 가야 했는데, 떨어지데? 국민학교 졸
업했는데 중학교도 못 가고 어쩌겠냐. 아휴 진짜 얼마
나 속이 타던지. 그래도 애들 공부는 시켜야겠다는 생
각이 들어서, 내가 교장 와이셔츠 사주면서 사정사정을
했어. 제발 1년만 더 다니게 해달라고. 그래서 겨우 1년
학교 더 다녀서 다음 해 시험 봐서 중학교 보냈다니까?

근데 너 이거 비밀이야. 누가 알면 안 된다. 뇌물 주고
그러는 거 안 돼.

　김경희 : 돈 욕심이 많은 거랑 애들 공부 못한 거랑 무
슨 상관이야?

　주 여사 : 그래도 그때 내가 농사짓고 해서 돈이 있으
니까 와이셔츠도 사주고, 뇌물도 주면서 겨우 애들 공
부시킨 거 아냐. 내가 부자였으면 돈이라도 많이 물려
줬을 텐데 그럴 수도 없으니 어떻게든 공부라도 시켜볼
라 그랬지.

　김경희 : 근데, 그렇게 공부를 못했어?

　주 여사 : 너 이거 비밀인데, 우리 집 애들이 공부 머
리가 없는 것 같아. 다 지 아빠 닮아서 그렇지. 그래도
내가 무슨 수를 써서라도 계속 공부를 시켰어야 했는데,
못하는 공부 계속 시키면 애들 기죽인다고 너네 할아버
지가 못하게 해서. 아휴 웬수 진짜.

　김경희 : 그럼 할머니가 가장 많이 벌어본 돈은 얼마
야?

　주 여사 : 얼만지는 기억 안 나는데, 그래도 농사지어
서 대농가는 아니어도 중농가 정도는 됐었지. 못살지
는 않았어.

　김경희 : 그럼 돈에 대해서는 아쉬운 건 없어?

주 여사 : 늘 아쉽지. 돈 많았으면 자식들한테 더 줄 수 있었을 텐데. 한 명이라도 대학 보내고 싶었는데 모두 못 보냈잖아. 그게 미안하더라고. 그래도 막내는 과외까지 시켜서 어떻게든 보내려고 했는데, 이놈이 땡땡이치고 그 돈으로 운전을 배우러 다녔잖아. 아휴.

김경희 : 그래도 운전 배워서 잘 살잖아, 할머니한테 용돈도 많이 주고.

주 여사 : 그렇긴 하더라. 그래. 지 하고 싶은 거 하게 놔둬야 해. 그게 제일이야. 나는 농사가 힘은 들지만 남 구애받지 않고, 눈치 안 보고 할 수 있어서 좋더라. 논 열 마지기 팔아서 자식들 집 살 때 보태주기도 했고. 진짜 그때는 혀가 빠지게 밤인지 낮인지 모르고 했어.

김경희 : 무슨 농사를 지었는데?

주 여사 : 다 했지 뭐. 딸기, 콩, 보리, 쌀, 고구마 다 했어. 다.

김경희 : 많이도 했네. 근데 엄마는 할머니한테 받은 거 없다고, 오빠들만 줬다고 맨날 뭐라 하던데?

주 여사 : 그게 첫째랑 둘째한테만 해줬어. 너네 엄마랑 막내한테는 미안하지. 그래도 너네 엄마 이사갈 때 내가 이사 비용 하라고 천만 원 줬어.

김경희 : 그럼 할머니는 지금, 예전처럼 기력도 좋고

일할 수 있으면 할 거야?

주 여사 : 무조건 하지. 옛말에 곳간에서 인심 난다는 말이 있어. 내가 가진 게 많아야 내 새끼들, 밖에서 굶주리는 사람들한테 더 베풀 수 있으니까.

김경희 : 본인을 위해서 쓸 생각을 먼저 해야지.

주 여사 : 나야 뭐 오래 살았으니까.

김경희 : 할머니는 그럼 하고 싶은 일이 있는데 하나는 돈을 못 버는 일이야. 또 하나는 하기 싫은 일인데 돈을 많이 버는 일이야. 둘 중 하나를 선택해야 한다면 뭘 선택할 거야?

주 여사 : 나는 돈 많이 버는 일 하지.

김경희 : 왜?

주 여사 : 좋아하는 거는 추미(취미)로 하면 돼.

김경희 : 아까는 지 하고 싶은 거 하고 살아야 한다면서, 막냇삼촌처럼.

주 여사 : 취소. 그냥 돈 많이 벌고 살아.

김경희 : 그럼 나도 할머니처럼 돈 욕심 갖고 부지런히 살까?

주 여사 : 그래야지. 그래야 집도 사고 하지. 너 혼자 살 거라며. 그러려면 25평짜리 아파트 사서 잘해놓고 살아야지.

김경희 : 25평 아파트? 지금 서울 평균 집값이 8억이 넘는데…. 할머니, 나 집 살 수 있을까?

주 여사 : 서울은 비싸네. 그럼 우선 3억부터 모아.

김경희 : 3억? 3억?

주 여사 : 너 한 달에 300씩은 적금 붓고 있지?

김경희 : 할머니, 지금 9번에서 〈가요무대〉 한다.

"부지런히 벌어서 아파트 사."

황금 이불의 비밀

□

띠-띠-띠-띠. 비밀번호를 누르는 소리가 들리고 할
머니가 집에 왔다. 양손 가득 짐이다. 짐의 정체는 두
루마리 휴지.

"할머니 마트 갔다 왔어? 집에 휴지 많은데?"

"이거 공짜야 공짜."

자랑스럽게 답하는 주 여사. 세상에 공짜가 어딨느냐
고 하니, 약장수에게 다녀오는 길이란다. 아니 요즈음
에도 약장수가 있단 말이야? 시골도 아닌데? 걱정되는
맘에 뭐 딴 거 산 건 없는지 서둘러 물었다.

"내가 바보천치냐. 약장수들 다 사기야. 다른 할머니
들 약장수 말에 홀려서 이것저것 사는데 나만 안 샀다."

할머니는 뿌듯해하며 두루마리 휴지를 창고에 차곡
차곡 쌓았다.

이튿날, 승자의 표정을 한 할머니가 집에 들어왔다.
오늘은 달걀 한 판이다. 아이고야 할머니. 세상에 공짜

는 없다니까. 왜 또 갔냐고 추궁하니까 할머니들 다 가길래 따라갔다고, 걱정하지 말라고, 나는 절대 안 속는다며 계란만 받아왔다고 한다. 내일도 갈 거냐 물으니, 내일은 세제를 준다 했으니 세제만 받아오겠다며 걱정말라고 한다. 뭐가 그리 좋은지 할머니는 계속 웃고 있었다. 매일 노인정에만 있다가 친구들과 함께 노인정밖을 나선 것도, 집으로 갈 때 양손 가득 공짜 선물이쥐어진 것도 좋았나 보다. 하지만 영 걱정되는 건 어쩔수 없었다.

다음 날, 할머니는 주방용 세제와 빨래용 세제를 가져왔다. 그다음 날, 약장수들은 약을 다 팔았다고 생각했는지 집에 오는 할머니 손에는 아무것도 없었다. 일주일이 지났을까? 집으로 큰 박스가 배달되어왔다. 박스를 열어보니 이불이었다. 엄마가 홈쇼핑으로 샀나 싶어 거실 한쪽에 밀어두고 TV를 보고 있는데 할머니가왔다. 그러더니 "이불 왔네?" 하며 신난 표정으로 펼치는 게 아닌가. 이거 할머니가 산 거냐고 물으니 맞다며, 갑자기 이불 자랑을 하기 시작했다.

"이거 너네 이불이야. 이 이불이 황토 옥 원적외선 이불인데, 그렇게 좋대. 덮고 자면 건강해진다니까 너네이불 이거로 바꾸자."

세상에, 이 황금색 이불에 경악을 금치 못한 나는 할머니를 말렸다. 아니야 할머니 나는 지금 이불이 좋아, 도대체 이 이불은 어디서 산 거야. 할머니는 약장수에게 샀다며, 하나도 안 비싸다고, 매번 공짜로 받기도 뭐해서 하나 사긴 했는데 이 이불은 진짜 너무 좋은 것 같다고 말했다. 거실에 금색 이불을 펼치면서 뿌듯해하는 할머니의 표정에 나는 무슨 말을 해야 할지 몰랐다.

10년이 지났다. 아직 그 누구도 이불의 가격을 알지 못한다. 할머니는 지금까지 그 이불의 효능을 믿고 있으며, 내가 할머니 집에 갈 때면 꼭 그 이불을 깔아준다. 그때마다 나는 정전기에 몇 번이고 놀라며 약장수들은 지금도 이불을 팔고 있을까 생각할 뿐이다.

주 여사의 핸드폰

□

폴더폰에서 터치폰으로, 터치폰에서 스마트폰으로 시대가 바뀌면서 노인정에도 변화가 찾아왔다. 할머니의 친구들 모두 핸드폰을 갖게 된 것이다. 자식들이 사줬다며 저마다 핸드폰을 자랑하는 틈에서 주 여사는 조용했다. 무딘 주 여사의 자식들. 그 누구도 주 여사에게 핸드폰을 선물할 생각을 못 하고 있었던 거다. 할머니를 매일 보는 나도 마찬가지였다.

하루는 할머니가 수첩에 웬 핸드폰 번호 하나를 적더니 내게 건넸다. "이거 고모할머니 핸드폰 번호야. 할머니 시골 갔다 올 건데, 연락할 일 있으면 이쪽으로 해." 그러고는 논산으로 떠났다. 매일 붙어 있던 할머니의 빈자리는 크게 다가왔다. 우리 주 여사 기차는 잘 탔을지, 친척 집에 도착은 했을지, 멀미는 안 했을지. 하지만 할머니에게 직접 물어볼 방법이 마땅치 않았다. 궁금한 건 많은데 그때마다 고모할머니에게 전화를 걸어 "안녕하세요. 저 경희인데요. 저희 할머니 좀 바꿔주실 수 있을까요?"로 시작해서, "할머니, 지금은 어디야? 안 피곤해? 밥은 먹었어?"라 물어야 하는 불편함이라니.

할머니에게 짧은 여행은 1년에 한 번 있을까 말까 한 일이지만, 더는 이 불편함을 경험하고 싶지 않았다. 우체국에서 효도폰을 판다는 게 생각이 났다. 할머니와의 전화를 끊고 우체국으로 향했다. 검은색 폴더폰을 골랐더니 계약서 한 장을 건넨다. 빈칸을 하나씩 채웠다. 핸드폰 명의자 칸에는 내 이름을, 자동이체 칸에는 내 계좌번호를 적어 냈다. 계약서 아래에는 동의를 필요로 하는 체크 박스가 있었다. 무조건 2년 동안은 핸드폰을 사용해야 하며, 중간에 해지해도 요금이 발생한다는 내용이었다.

그 순간 늘 최악을 생각하는 버릇이 발동했다. '약정 끝날 때까지 살아계셔야 하는데. 만약 할머니가 돌아가시면 매달 핸드폰 고지서를 받을 때마다 어쩌지' 괜한 걱정과 상상을 했다. 가입 절차가 끝나고 계약서를 한 손에 쥐고는 우체국을 나왔다. 집으로 향하는 길 내내 약정이 끝날 때까지 우리 주 여사 건강하게 내 옆에 있게 해달라고 중얼거리며.

시간이 흐르고 핸드폰 약정 2년을 가뿐히 넘겼다. 그런데 오늘 할머니 핸드폰이 고장 났다고 하는 게 아닌

가. 상담원과 몇 번 통화 끝에, 어렵지 않게 새 핸드폰을 주문했다. 결제까지 마치고 나니 주책맞게 약정기간 걱정하던 그때 생각이 나 뭉클하다. 아 다행이다. 할머니에게 다시 핸드폰을 사줄 수 있어서. 여전히 주 여사가 내 옆에 있어서.

주 여사 핸드폰 백 개도 사줄 수 있으니까 오래오래 옆에 있어. 참고로 기계는 일시불로 샀어. 노인정 가서 자랑해.

여자도 공부해야 해

□

　내가 아홉 살, 동생 1호가 일곱 살이던 어느 겨울날, 할머니가 집 앞 과일가게에서 귤 한 박스를 사 들고 왔다. 동생이 내년이면 학교에 들어가야 하는데 수학을 어려워하니 할머니가 나선 것이다. 수십 개의 귤을 거실에 펼쳐놓는 할머니를 보며 왜 하필이면 귤일까 싶었지만, 소파에 앉아 귤 하나를 까먹으며 지켜볼 뿐이었다.

　"귤 세 개에다가 세 개를 더하면 몇 개야?"
　"자 그럼, 이걸 두 개씩 나눠볼까?"

　할머니의 바람과는 다르게 동생은 계속 버벅거렸다. 덧셈은 어렴풋이 알았지만, 뺄셈과 나눗셈은 일곱 살 동생에게 버거웠던 것. 할머니는 이게 왜 어렵냐며 귤만 이리저리 옮기며 동생에게 질문을 퍼부었다. 동생에게 귤이란 손끝이 노래질 정도로 먹는 간식이었는데 호환마마보다 무서운 존재가 된 것이다. 답답한 할머니의 높아진 목소리에 동생은 급기야 울기 시작했다. 할머니는 짧은 한숨을 쉬고는 다시 귤을 박스에 하나씩 담아 베란다로 내놨다.

겨울이 되고 귤을 까먹을 때면 할머니에게 묻게 된다. 그때 일이 기억나느냐고, 왜 그렇게 손녀에게 공부를 열심히 시켰냐고 물으니 주 여사의 어린 시절을 들려줬다. 주 여사의 아빠와 삼촌은 꼬맹이 주 여사에게 늘 말했다고 한다.

"여자도 공부해야 해."

"여자라고 부엌에서 햇빛도 못 보고 살아서는 안 돼."

지금이야 공부하는 데 여자 남자가 어디 있겠느냐 싶지만, 주 여사의 어린 시절은 1930년대였으니까. 삼촌 손에 이끌려 한글을 익히고, 학교에서는 일본어를 익히며 매일 울면서 공부했다고 한다. 친구들은 밖에서 놀고 있는데 혼자 집에서 공부해야 하니 어쩌나 억울했는지, 그때는 아버지고 삼촌이고 그렇게 미웠다고 한다. 하지만 주 여사는 종종 그때를 떠올리며, 그래도 내가 글을 익혀서 할 말은 하고 산다고 말한다. 노인정 친구들이 관공서를 가야 하는데 쩔쩔매고 있으면 대신 가서 손이 되어주기도 하면서 말이다.

그래서일까? 할머니는 손주들을 부지런히 공부시키면서 당신도 계속 공부를 했다. 성경 공부는 물론, 손녀딸이 읽다 만 책으로 역사 공부를 했다. 여기서 끝이 아니다. 막내 손녀가 유치원에 들어가면서 영어를 배우기 시작한 것이다. 한글이며 더하기 빼기며 그런 숙제는 문제없이 봐줄 수 있었지만, 영어 숙제가 문제였다. A, B, C를 익히는 다섯 살 동생 옆에서 할머니는 함께 꼬부랑 글씨를 따라 쓰며 "에이, 삐, 씨, 에이, 삐, 씨" 몇 번이고 발음했다. 나아가 "사과는 애쁠, 사과는 애쁠, 학교는 스쿨, 스쿨" 영어 단어까지 외웠다.

지금도 할머니는 모르는 게 있으면 꼭 물어본다. 그러곤 손녀에게도 말한다.

"공부는 계속해야 해."

할머니는 공부는 죽을 때까지 해야 한다며, 오늘도 뉴스를 틀고, 손녀가 읽었던 주간지를 챙긴다.

"부지런히 읽고
공부해서 훌륭한
사람이 돼라."

노인정 라이프

□

주 여사가 지금의 노인정을 다닌 지 올해로 22년 차, 할머니 생에 가장 오랜 시간 소속감을 느끼고 있는 곳인 셈이다. 명절날을 제외하고는 매일 간다. 주 여사 일상에서 가장 많은 시간을 보내는 곳이자 주 여사와 가장 가까운 친구들이 있는 곳. 할머니들은 매일 만나 이야기를 나누고 함께 TV를 보고 밥을 해 먹는다.

할머니를 통해 본 노인정의 생활은 별다를 게 없다. 여러 사람이 모인 만큼 갈등도 있고, 이따금 의견이 나뉘어 무리를 따로 만들기도 한다. 노인정을 퇴근하고도 각자 집에 가지 않고 우리 집에 모일 때가 있다. 귀를 쫑긋 세우고 들어보면, "이치에 어긋나지~", "얄미워~" 하며 뒷말이 오간다.

"할머니 하나 중에 나보다 시(세) 살인가 네 살인가 적은 할머니가 있어. 아우 근데 막 지독해, 아주 우스워.

오늘 노인정에 오면서 포도를 한 송이 가져온 거야. 근데 그게 집에서 먹던 거더라고. 그러면서 '이건 돈 잘 버는 우리 딸이 사 온 포도라 맛있어.' 이러더라? 그래서 내가 하나 먹고는 말했지 '돈 없는 사람이 사 온 포도랑 맛은 똑같네?' 다른 할머니도 내가 그렇게 말하니까 다 웃더라고. 나도 속 시원하고. 먹던 거 한 송이 달랑 하나 가져와놓고 생색은. 꼴사나워. 그러면서 기어이 집에 갈 때는 노인정에 들어온 사과를 영감 줘야 한다고 자기 집으로 가져간다니까? 얼마나 얄미워, 지독해."

그럴 때면 사람은 어쩔 수 없구나 싶기도 했다. 할머니들, 그러니까 왕 어른쯤 되면 모두가 갈등 없이 그저 하하호호 할 줄 알았으니까. 그런데도 그들은 늘 싸우고 화해하며 함께했다.

김장철이 되면 할머니는 김장 속 재료를 가지고 노인정에 갔다. 그리고 집에 올 때는 껍질을 다 벗겨낸 쪽파와 마늘을 가져왔다. 노인정 할머니들이 손을 모아 종일 쪽파를 다듬고, 마늘 껍질을 벗겨준 것이다. 그 많은 양을 하루 만에 한 것도 신기하지만 한편으로는 걱정이 돼 물었다. "노인정 할머니들이 흉보는 거 아냐? 남의 집 김장 속 재료까지 다듬어줘야 한다고." 그렇지 않단다. 모두가 김장철이 되면, 일손이 부족하니 서로의 김장 준비를 돕는다고, 할머니도 다른 집 김장 속 재료를 같이 다듬어준다고 했다.

그뿐인가? 한글을 몰라 관공서에 가지 못하는 할머니가 생기면 글을 아는 이들이 늘 동행한다. "할머니 오늘은 노인정에서 뭐 했어?" 물으면, "6층 할머니가 동사무소 가야 하는데 글씨를 몰라서 같이 가줬어" 한다. 아이를 키우는 것도 마찬가지였다. 일하는 엄마를 대신해 주 여사에게 맡겨진 동생 2호는 갓난쟁이일 때부터 노인정을 드나들었다. 노인정 할머니들이 업어주고, 밥 먹여주고, 기저귀 갈아주며 함께 키운 것이다.

할머니들은 아플 때 더 끈끈해졌다. 대부분 가족과 함께 살았지만, 이 중에 누가 아프기라도 하면 죽이며 두유며 과일이며 잔뜩 사 들고 와 서로의 끼니를 제일 먼저 챙기는 건 노인정 할머니들이었다. 그러니까 서로의 김장부터, 양육, 건강까지 함께 연결된 끈끈한 관계. 종종 지금도 다 같이 밥해 먹을 때 손 하나 까딱 안 하는 할머니는 흉보고, 노인정 공금을 함부로 쓰는 할머니에겐 큰소리를 치지만, 그래도 할머니들은 언제나 함께한다.

그래 어째 아무 탈 없는 관계가 있을까. 가끔 내 감정도 버거운데 말이지. 게다가 크고 작은 갈등은 얼마나 많은가. 그럴 때면 '그래, 어차피 인생 혼자 사는 거야' 싶다가도 주 여사의 일상을 볼 때면 다시 친구들이 그리워진다. 함께 밥을 먹고 서로에게 도움이 되는 존재가 주는 안정감. 나는 노인정 할머니들이 서로 연결돼서 함

께 사는 것처럼 친구들과 한동네에서 함께 사는 꿈을 꾼
다. 이따금 싸우지만 화해하고, 혼자 섭섭해하고 삐치겠
지만 도움을 주고받으며, 함께 밥을 먹고 마음을 나누며
연결되어 사는 삶을.

중앙 아파트 노인정.

산으로 가는 대화 : 노인정에 대하여

○ 호칭

김경희 : 노인정 할머니들끼리는 어떻게 불러? 다 나이가 다르잖아.

주 여사 : 뭐 회연이 할머니, 7층 할머니, 2층 할머니, 진달래 할머니, 강원도 할머니, 이렇게 부르지 뭐. 그냥 사는 층수로 부르기도 하고, 고향 붙여서 부르기도 하고. 다 달라. 언니라 하는 사람도 있고.

김경희 : 할머니는 나이가 많은 편이야? 적은 편이야?

주 여사 : 내가 두 번째로 많지.

□ 친구 1

주 여사 : 우리 노인정에 가장 나이 많은 할머니가 아흔두 살이야 아흔두 살. 그런데 오늘 그 할머니가 "왜 사람이 이것뿐이야? 다들 어디 갔대?" 이러는 거야. 정신이 왔다 갔다 하거든. 그래서 내가 "오늘 세 번째 물어보네, 참말로. 다 죽고 나머지는 일하러 갔으니까 이

거밖에 없지”하고 말해줬지. 오늘 열 번도 백 번도 넘게 말해줬어.

김경희 : 자꾸 똑같은 거 물어보면 안 귀찮아?

주 여사 : 귀찮아도 어째. 대답해줘야지.

◇ 친구 2

김경희 : 오늘 노인정에서 무슨 일이 있었나요.

주 여사 : 아니 오늘 14층에 사는 할머니가 있어. 그 할머니 영감이 여든여덟이야. 둘이서 주말에 텃밭 같은 걸 하고 그런가 봐. 딸네랑 같이. 그런데 김장철이라서 심어놓은 배추랑 무를 뽑으러 간 거야. 근데 막 비가 오더래? 비 맞기 전에 빨리 뽑아야 하는데 남편이 천천히 일하고 있으니 14층 할머니가 답답해서 뭐라 했더니, 그 영감이 삐쳐서 “나 죽을 거야” 하더래. 그러고는 말 한마디도 안 하고 집에 와서 종일 문을 닫고 있더래. 그래서 14층 할머니가 “문 열어, 너 죽고 나 죽자” 하면서 또 싸웠대. 그러면서 징글징글하다고, 진짜 자기는 남편 없는 할머니들이 제일 부럽다고 해서 다 같이 웃었어.

○ 먹고사는 일

김경희 : 노인정에서 오늘 먹은 반찬은 뭔가요?

주 여사 : 무나물이랑, 갈치 굽고, 생채랑 해서 먹었지.

김경희 : 노인정 밥이 맛있나요? 배달음식이 맛있나요?

주 여사 : 배달음식.

출근길 주 여사의 전화

서른한 살인데도, 나는 여전히 할머니 앞에서 아무렇지도 않게 옷을 훌러덩 벗는다. 샤워하고 나와 맨몸으로 할머니에게 입을 옷 좀 달라고 부탁한다. 그뿐인가? 방귀도 시원하게 뀐다. 그러니까 주 여사는 나와 가까운 사람. 온전히 내 모습을 보여줄 수 있는 친밀한 사람. 하지만 나는 주 여사에게 많은 것을 숨긴다. 일이 힘들어 밤새 한숨도 못 잤을 때도, 사람이 힘들어 매일 울면서 지낼 때도 나는 최선을 다해 숨긴다.

매일 출근길에 하던 손녀의 전화가 끊긴 지 나흘쯤 됐을까? 할머니는 내게 전화를 걸었다. 늘 먼저 거는 쪽은 나였고, 주 여사는 받는 쪽이었다. 일상이 무너지면서 당연히 해왔던 것들을 놓치고 만 것이다. 주 여사는 내가 늘 주 여사에게 전화를 걸던 그 시간에 전화를 걸어 왔다. 아침 11시.

"요즘 전화가 통 없길래 먼저 전화했어."

"아이고! 내가 바빠서 깜빡했네."

"너 무슨 일 있지? 목소리가 이상해."

나는 무슨 일이 어딨냐며, 추워서 그렇다고 대충 말을 얼버무리고는 전화를 끊었다. 어찌 알았을까 싶다. 같이 사는 엄마도 몰랐는데 말이야. 할머니는 목소리만 듣고도 알았다.

'할머니, 너무 괴로운데 어떻게 해야 할지 모르겠어. 일을 계속해야 할지, 그냥 괴로워' 말하지 않아도 가장 가까운 사람, 친밀한 사람은 알고 있었다.

추석 연휴가 시작되는 첫날, 할머니에게 전화를 걸었다. 지금 어디냐 묻는 말에 일하러 가는 길이라고 하자, 빨간 날에도 일해야 하는 거냐고 또 묻는다. 그렇다 답하니 그런 게 어디 있느냐고 하다 이내 말을 바꾼다.

"그래 돈 벌면 좋지. 돈 많이 벌어서 잘 모아뒀다가 너 하고 싶은 거 다 하고 살면 돼. 좋은 거야."

무조건적인 낙관을 의심하면서도, 주어진 상황을 긍정하는 주 여사의 말은 꽤 힘이 된다. 주 여사 삶 속에 원망할 일이 얼마나 많은가. 일제 강점기, 6·25 전쟁, 가족들과 생이별에 남편과 사별, 혼자 아이 넷을 키워

냈던 삶…. 지나간 시간을 설명하는 게 아득하냐 물으니 아니란다. 그저 삶의 주어진 과제를 극복하기 위해 나름의 방법으로 최선을 다해 살아왔다고. 저 멀리 내다보고 살기엔 여유가 없었다고. 그저 한 치 앞 겨우 살피며 살아왔다고. 그렇게 살다 보니 아흔 살 할머니가 됐다고. 그러고는 덧붙여 말했다.

"사는 거 미리 겁먹지 마. 어떻게든 살아지게 돼. 지금 많이 웃으며 열심히 살아."

연차가 쌓이면서 내뱉는 말보다 혼자 삼켜내는 말이 많아진다. 혼자 끙끙거리다가도 지금 이 시간은 어떻게든 지나갈 것이고, 어떻게든 살아지게 된다는 주 여사 말에 기대며 하루를 보낸다. 지난한 삶도 나름의 뜻이 있을 것 같아서. 한 치 앞 잘 살피며 살다 보면 정말 삶이 나아질 것 같아서. 오늘도 90년간 몸소 겪은 주 여사의 말을 믿고 출근길 주 여사에게 전화를 건다.

"할머니 뭐 해? 나 지금 출근하고 있어."

할머니의 야망

나라 돌아가는 상황에 관심이 많은 할머니는 대통령의 순방부터 지역구 국회의원과 구청장 소식에까지도 많은 관심을 둔다. 기운이 있을 때는 직접 정치인 사무실에 찾아가기도 했다. 요즘은 매일 뉴스를 통해 정치 상황을 살피는데, 간혹 국회에서 싸움이 나거나 청문회를 볼 때면 할머니가 빼놓지 않고 하는 말이 있다.

"아휴, 답답해. 내가 여기 있을 사람이 아닌디. 내가 저기 있어야 하는데."

그럴 때면 나는 할머니가 정치인의 꿈을 꾸고 있는 건지 싸움꾼의 꿈을 꾸고 있는 건지 헷갈리곤 한다. 정치인이든 싸움꾼이든 이러나저러나 TV에 나오는 삶을 꿈꾸는 야망의 주 여사.

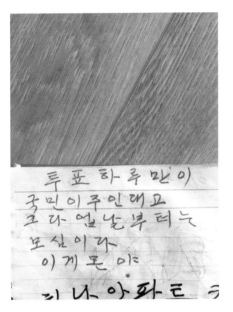

"투표(날) 하루만이 국민이 주인 되고

그다음 날부터는 모심이다. 이게 뭐냐."

단 한 번도 투표를 놓친 적 없는

주 여사의 대통령 선거 다음 날 짧은 메모.

기억을 잃지 않으려고

할머니 집에 가면 손바닥만 한 작은 수첩이 돌아다니는 걸 심심치 않게 발견할 수 있다. 종이엔 온통 숫자뿐이다.

$100 - 7 = 93$, $93 - 7 = 86$, $86 - 7 = 79$, $79 - 7 = 72$, $72 - 9 = 63$

100에서 7을 빼고, 또 7을 뺀 흔적이 빼곡하다. 이 숫자들은 옆에 놓인 할머니의 전화번호 수첩에도 있다. 슬쩍 한 장 더 넘기면 집 주소와 주민등록번호를 쓴 손글씨도 보인다. 주 여사에게 이 숫자들은 뭐고, 주민등록번호랑 주소는 왜 자꾸 적냐고 물었더니 치매 예방을 위한 거라며 틈날 때마다 한다고 한다.

주 여사는 매달 노인정에서 치매 예방 교육을 받는다. 뺄셈에 구구단을 거꾸로 외우면서 말이다. 그때마다 늘 1등을 해서 오는데, "내가 계양구에서 1등이래 1등"이라며 자랑하기 바쁘다. 똥오줌 받아내는 것도 안 되지만 치매는 절대 안 된다고 하면서, 기억을 잃지 않기 위해 집에서 부지런히 복습하고 있었던 것이다.

10년 전의 내가 썼던 일기를 본 적이 있다. 스무 살이 되고 할머니가 내게 핸드폰을 사라며 돈을 줬는데, 그 돈으로 친구들과 술을 사 먹었다는 내용이었다. 분명히 내가 쓴 글이지만 통 기억나지 않는 일. 기록하지 않았더라면 몰랐을 내용이다. 대학생이 된 손녀딸에게 핸드폰을 선물하고 싶어 쥐어준 돈이었을 텐데 그걸 잊고 있었다. 할머니 손에 길러지면서 받은 건 많은데 참 많이도 잊고 산다. 잊고 사는지도 모른 채 말이다. 그런데도 나는 애써 기억하려 하지 않는다. 기억을 통째로 잃는다는 게 아직은 내게 먼 이야기 같아서.

채울 수 있는 시간보다 채워진 시간이 더 많은 주 여사는 잃지 않기 위해 애쓴다. 하루는 손을 움직이는 것으로도 모자라, 입으로 중얼거리며 구구단을 거꾸로 외는 주 여사에게 물었다. 왜 그렇게 열심히 하냐고, 나도 거꾸로 구구단 못 외운다고, 너무 애쓰는 거 아니냐고. 그러자 주 여사가 답했다. 기억을 좀 잃어버리는 건 괜찮다고, 하지만 몽땅 잃어서 자식도 손녀도 못 알아보면 안 된다고, 그건 짐이 되는 거라고, 끔찍하게 싫다 했다. 할머니는 기억을 잃는 것보다 짐이 되는 두려움이 더 컸던 것 같다.

한 사람의 생을, 그것도 90년이나 되는 생을 기억한다는 건 물리적으로도 쉽지 않은 일이다. 어쩔 수 없이 주 여사의 기억은 약해지고 있겠지. 어제와 오늘을 저장하기 위해서는 오래된 기억을 덜어내기도 해야겠지. 그렇다면 나는 할머니가 최근의 기억을 많이 저장했으면 좋겠다. 누군가의 딸, 아내, 엄마, 할머니가 아닌 지금의 주 여사로. 꼭 해야 할 일도, 누군가를 책임져야 할 일도 없는 평온한 지금의 순간들을. 기억해야 할 것이라곤 지난주 함께 해물찜을 먹으며 "아이고 맛있는데 맵다"고, 연거푸 물을 마시며 다시는 시켜 먹지 말자 웃었던 순간. 아침에 일어났더니 집 앞에 있던 큰 박스에 가득 담긴 당신 좋아하는 갈비탕이며 반찬이며 과일을 보고는 기뻐했던 그런 순간들이기를.

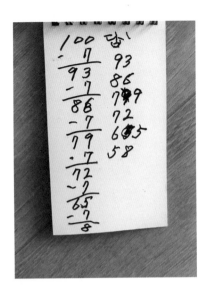

치매 예방 검사에서 늘 1등 할 수 있었던,

친구들은 모르는 주 여사만의 비법은 바로

꾸준한 예습과 복습.

산으로 가는 대화 : 고민에 대하여

할머니와 함께 TV를 보는데 무속인의 삶이 나온다. 지난날 나는 고민이 있을 때마다 점집을 찾았다. 물어 물어 용하다는 곳을 찾아가 "회사를 그만두고 싶어요", "이 사람과 계속 만나도 될까요?" 궁금증을 풀곤 했다. 딱 6개월만 더 다니고 그만두라는 말에, 준비했던 사직 서를 파쇄기에 넣고 6개월 후 퇴사했던 적도 있다. 하지 만 고민은 똑같은데 저마다 다른 해결책을 내리는 무속 인들의 말에 헷갈리기 시작했다. '뭐지? 누구의 말을 들 어야 하지?' 싶은 생각이 스멀스멀 올라올 때쯤 더는 점 집을 찾지 않았다.

김경희 : 오늘은 '고민'에 대해 얘기 나눠보겠습니다. 주 여사님은 고민이 생기면 어떻게 했나요?

주 여사 : 점 보러 다녔지 뭐. 그때는 감기 들어 아픈 것도 점 보러 갔다니까? 아프면 병원을 가야 하는 건데,

옛날 그 시골에 무슨 병원이 있겠어. 제대로 된 약방도 없고, 우습도 안 해 진짜.

　김경희 : 그럼 고민뿐만 아니라 그냥 무슨 일 있을 때마다 점 보러 다녔던 거네.
　주 여사 : 그치, 뻔질나게 다녔지. 막 달려가고 그랬어. 그런데 후회해. 디게(되게) 후회돼. 다 후회돼.

　김경희 : 왜 후회해?
　주 여사 : 어리숙했던 거지 뭐. 시방은 철이 들어서 절대로 안 가지.

　김경희 : 나도 점 보러 다녔는데.
　주 여사 : 얘가! 진짜 절대 다니지 마. 아무 소용없어.
　김경희 : 그래도 내 이야기 들어주고 이런 말 저런 말 들으면 나는 마음 편하던데, 고민도 조금 해결되고.
　주 여사 : 고민 상담은 선배들이랑 하는 거야. 그게 나아. 점 보러 다닐 돈으로 엿이나 사 먹어.

　김경희 : 선배가 없으면 어떡해?
　주 여사 : 선배가 없으면, 뭐 내가 잘 생각해가지고, 인생살이 살아본 사람한테 물어봐야 해. 가서 "경험이 없으니까 답답해요. 이거 해야 옳을까요? 어쩌해야 옳을까요?" 하면서 물어봐.

김경희 : 고민이 있을 때는 혼자 해결하지 말아야 해? 나는 요즈음 혼자 많이 생각하거든.

주 여사 : 혼자 고민하면 생각만 많아져. 경험이 많고 진실한 사람한테 물어보는 게 좋아. 그게 점쟁이보다 나아. 그리고 평생 의논할 수 있는 친구를 만들어.

할머니의 좋은 점

chapter 2.

그러니까 오래 봐, 오래 보면 돼

◇

지금까지 이야기

○

□

1931년(1세) : 강원도 울진군 북면 하당리에서 태어났
어. 원래 이름은 주영옥인데, 담당 공무원이 실수해서
주옥지가 됐어. 그때는 태어나서 바로 호적에 안 올리
고, 좀 있다가 올렸거든. 친척 동생이랑 같이 올렸는데
이름이 뒤바뀐 거야. 지금까지 주옥지란 이름을 쓰고 말
하고 살았지만, 아무리 생각해도 주영옥이 조금 더 예쁜
이름인 것 같아. 지금이야 이름 바꾸기 어렵지 않은데,
그때는 어려워서 그냥 살았지.

1945년(15세) : 해방이 됐어. 우리 아부지가 독립운동
자금 대주다가 감옥에 갔어. 그리고 해방되는 날 감옥
에서 나왔거든. 어른들이랑 같이 아부지 데리러 갔는데,
아휴 그때 생각하면 눈물이 나. 얼마나 고문을 당했는지
제대로 걷지도 못하고, 꼴이 말이 아니었어. 내가 얼마
나 울었는지 몰라. 그리고 그해 9월부터 학교에서 한글
을 배웠어. 그전까지는 일본말로 공부했는데, 다시 한글

90

배우면서 공부했지 뭐.

1946년(16세) : 3월 26일에 졸업했을 거야. 학교 이름
은 '소꼬구고오래스고꾸민가꼬'였어. '가꼬'가 일본말로
학교라는 말이야. 해방되면서 학교 이름도 바뀌었을 텐
데 기억이 안 나네. 그러고는 우리 아부지랑 삼촌이 여자
도 공부시켜야 한다고 나를 읍내에 있는 중학교에 보냈
어. 집이랑 학교가 머니까 하숙집 생활을 했는데, 맨날
울었지. 집이 얼마나 그립던지 말도 못 해. 주말에는 집
에 갔는데 계속 울었지. 집에 있고 싶다, 학교 다니기 싫
다 하면서. 우리 할머니가 이러다 애 죽겠다고 하숙 생
활 정리시키고 집으로 데려왔어. 중학교 두 달 다니고 그
만둔 거지.

1947~1948(17~18세) : 학교 안 가도 되고, 친구들이
랑 매일 놀았지. 집에 있는 보자기 챙겨서 산에 가서 나
물 뜯고 바다에 가서 골뱅이 주워 먹고 그랬어. 이때가
제일 좋았어.

1949년(19세) : 그러다가 논산으로 이사 갔어.

1950년(20세) : 아이고 근데 전쟁이 난 거야. 진짜 말
도 못 해. 집에 있던 논이랑 밭이며 뭐 다 뺏기고, 꼴이
아니었어. 삼촌이 북한을 왔다 갔다 했는데 하필 그때
전쟁이 나서 큰일 난 거지. 아버지는 삼촌 찾겠다고 떠

나고. 어휴 우리는 피난 가고. 아주 생이별한 거지. 어디
서 죽었는지도 몰라. 들리는 말로는 북한에서 잘 살다가
죽었다고 하는데, 그 말이 맞았으면 좋겠어. 어디 산속
에서 외롭게 죽지 않았길 바라.

1952년(22세) : 우리 할아버지가 나 결혼을 시켜야 한
다고 여기저기 알아보러 다니더라고. 집안이 중요하다
면서 나 고생 안 시키는 데 보내려고 많이도 돌아다녔
어. 그리고 결혼식 날 처음 본 남자랑 결혼한 거지 뭐.
나보다 네 살 많았어. 아휴 정말. 우리 아버지가 있었으
면 더 좋은 놈한테 시집보냈을 텐데.

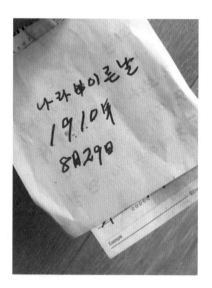

태어나기도 훨씬 전 어느 날을 기억하려는
주 여사의 흔적.

1954년(24세) : 너희 큰삼촌 낳았지. 애 낳는 날까지 밭에서 일하다가 낳았어. 그땐 그랬지 뭐. 아들이라고 시아버지가 좋아했어. 시아버지가 날 되게 예뻐했거든, 똑똑한 며느리 뒀다고. 그런데 아들까지 낳으니까 그렇게 좋아하더라고. 위에 형님이 딸만 네 명 낳았었거든.

1957년(27세) : 그리고 또 아들을 낳았어. 내가 낳았지만 키도 크고 얼마나 예뻤는지 몰라. 애가 유일하게 날 닮아서 예뻤어. 동네 사람들도 볼 때마다 아기 이쁘다고 그랬어. 시아버지도 너네 둘째 삼촌 데리고 다니면서 자랑하기 바빴지.

1961년(31세) : 지금 네 나이 때, 너네 엄마 낳았지. 아들 둘 낳고 딸 낳으니까 너희 할아버지가 좋아했어. 자식들한테 다 잘하긴 했는데, 너네 엄마한테만 몰래 맛있는 거 사주고, 손잡고 시장 데려가고 그랬어. 그러면서 내 흉보고. "너 결혼할 때 아부지가 다 고급으로 해줄게. 너네 엄마는 돈 모아야 한다고 싼 것만 할 거야. 그니까 아부지가 다 해줄게" 이러면서 말이야.

1964년(34세) : 애 키우고, 살림하고, 농사지으면서 살다가, 또 애를 낳았지. 막내라 그런지 또 귀엽더라고. 그런데 지 아빠 닮아서 키는 좀 작더라고. 날 닮았으면 키도 크고 늘씬했을 텐데.

1965～1977년(35세～47세) : 정신없이 일했어. 새마을
운동 부녀회 회장도 하고, 상도 받고 그랬어. 하고 싶어
서 한 건 아니고, 자꾸 주변에서 하라니까 어쩔 수 없이
한 거야. 말도 마. 진짜 밤낮으로 일했어. 근데 너네 할
아버지는 일 안 하고, 술 먹고 사고 치고. 아휴 이 화상
진짜. 그 인간 때문에 고생한 거 생각하면 진짜 말도 마.
아휴 웬수 진짜. 징글징글해.

1978년(48세) : 웬수가 죽었어. 나 혼자 애들 넷 키우
게 된 건데, 달라진 건 없어. 그냥 웬수 하나 없어진 거
지 뭐.

1987년(57세) : 농사짓다가 애들이랑 같이 서울로 올
라왔어. 가지고 있던 논 다 팔아서. 아휴 서울 와서도
얼마나 고생했는지 몰라. 근데 그때 먼저 서울에서 살
고 있던 친구 하나가 아들을 잃었어. 외롭다며 자기 있
는 쪽으로 오라고 하더라고? 그래서 갔지. 그런데 친구
가 공장에서 밥을 해주면서 돈을 벌고 있더라고. 나도
가방 만드는 공장에서 일하게 됐지. 나는 가방 안에 종
이 넣는 작업을 했어. 그런데 공장장이 나랑 같은 고향
인 거야. 나만 누빔 조끼 사서 입혀주고 품삯도 많이 줬
어. 1년 넘게 일했지. 그때 계 하면서 200만 원을 만들었
는데, 공장이 이사하게 되면서 나도 일을 그만뒀지 뭐.

1989년(59세) : 너네 엄마랑 같이 살게 되면서, 네가

딱 태어났지. 그전에도 큰아들네, 작은아들네 애들을 잠깐씩 봐주긴 했지만, 너 태어나면서 본격적인 육아가 시작된 거야. 너 키우고, 너네 집 살림하고, 너네 엄마도 도와주면서 뭐 그렇게 바쁘게 지냈지.

1990년(60세) : 너 돌잔치 때 내가 동네 사람들이랑 다 같이 나눠 먹으려고 음식 많이 했는데, 너네 친할머니가 와서 음식 너무 많이 했다고 자꾸 숭(흉)봐서 어쩌나 미웠는지. 그래놓고는 갈 때 음식 다 싸가서 진짜 얼마나 얄밉던지 몰라. 내가 별소리를 다 하네.

1991년(61세) : 그러다가 네 동생 나윤이가 태어났지. 아휴 말도 마. 밤에는 빽빽 울고, 낮에는 곤히 자고. 허리는 아픈데 애 둘은 봐야겠고. 그때 막냇삼촌이랑 둘째 며느리가 많이 도와줬지. 너네 엄마 아빠는 돈 버느라 바빴고.

1992년(62세) : 나랑 너네 엄마 아빠랑 너네들이랑 인천으로 이사 왔지. 그때 아파트 사서 왔는데, 돈 500이 모자란 거야. 내가 신용이 좋아서 겨우 구해 들어갈 수 있었어. 그때 생각하면 진짜, 아휴. 그때부터는 애 둘 키우면서 살림하고 그랬지. 작은아들네 애들 두 명까지 도맡아서. 동네 사람들이 나보고 애 많은 할머니라 그랬어. 이때부터 교회 다니기 시작했어. 다닐 생각은 없었는데 아픈 며느리가 소원이라길래, 유언 지켜주려고 다닌 거지.

1997년(67세) : 처음으로 내 집이 생겼어. 막내가 엄마 이층집 사준다고 그랬는데, 이층집 대신 2층에 있는 아파트를 하나 해줬어. 그 기쁨은 말로 표현 못 해. 너네 집이랑 우리 집 왔다 갔다 하면서 너네 키우고, 살림하고, 노인정 다니고. 참 좋았어.

1998년(68세) : 첫해에는 어떤 할아버지가 회장을 했는데, 할아버지들은 뭐 노인정 나오지도 않고, 자꾸 야마시(사기) 해 먹어서 다음 해부터는 내가 하게 됐지. 총무 역할도 하면서 말이야. 안 하고 싶었는데 나 아니면 할 사람 없다고 해서 어쩔 수 없이 한 거야.

1999년(69세) : 이때 막내가 돈이 필요해서 내 집을 빼줘야 했어. 얼마나 속상하던지. 이제야 내 집에서 마음 편히 살아보는구나 했는데, 다시 너네 집에 들어가서 살아야 하나 싶었거든. 그때 너네 엄마가 집을 사줬어. 막내한테 돈 주고, 집 명의도 내 명의로 해주고. 고맙더라고.

2000년(70세) : 교회 다니다가 성당으로 옮겼어. 이사 가니까 다니던 교회 가려면 버스 타야 하고 힘들더라고. 그리고 자꾸 헌금 많이 낸 사람은 따로 이름 불러주고 그런 거 너무 치사해 보이더라고. 그래서 옮겼지 뭐. 세례 받겠다고 부지런히 공부하고 그랬어. 나는 교회보다 성당이 더 잘 맞는 것 같더라고. 성당 다니고, 돌아다니면서 기도도 해주고, 행사도 다니고 바빴지 뭐.

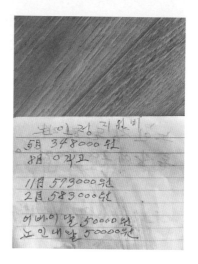

"노인정 지원비."

꼼꼼하게 노인정 살림을 도맡았던

주 여사의 흔적.

2001년(71세) : 네 막냇동생 희연이가 이때 태어났지.
마흔 넘은 내 딸이 애 낳는데 얼마나 마음이 아프던지,
자연분만 하려는 거 너무 힘들어 보여서 내가 의사 붙잡
고 수술시켜 달라고 했잖아. 크기는 또 얼마나 크게 나
왔어. 희연이 태어나면서 다시 육아가 시작된 거지. 그
래도 애 키우는 맛이 있더라고. 노인정 할머니들이랑 같
이 육아했어. 할머니들이 많이 도와줬지.

2008년(78세) : 노인정 회장 그만뒀어. 나이 드니까 힘들기도 하고. 대신 총무는 맡아달라고 해서 총무만 계속하기로 했어.

2009년~2017년(79세~87세) : 손녀 셋 키우면서, 딸이랑 사위 밥해주고, 노인정 다니고, 성당 다니고 그랬지 뭐. 그러다가 17년도에 너네가 새집으로 이사하게 되면서 막내랑만 둘이 살게 됐지. 고등학생이라 학교를 옮기기 뭐했으니까. 희연이 밥해주고 빨래해주면서 같이 말동무하면서 지냈지. 두 집 살림하다가 내 살림만 하니까 편하긴 하더라. 근데 일을 안 하니까 살이 빠진 것 같아.

2018년(88세) : 성당 졸업했지 뭐. 졸업은 없는데, 못 다니겠더라고, 힘들어서. 그래도 마리아상 앞에서 가끔 기도는 해. 성경책도 보고.

2019년(89세) : 살도 빠지고 힘들어서 노인정만 겨우 다녀. 그래도 매일 갈 곳 있으니 외롭지도 심심하지도 않아서 좋아. 몸은 늙었는데, 그래도 마음은 아직 80대 초반 같아.

2020년(90세) : 김경희, 김나윤, 김희연 할머니로 팔자 좋게 잘 살고 있지 뭐. 지금이 제일 좋아.

손녀들과 카메라 어플로 사진 찍는 주 여사 왈,

"뭐 이런 게 다 있냐."

변하지 않는 게 어려운 거지

주 여사는 유복한 집에서 자랐다. 울진에서 알아주는 부자는 아니었어도, 면에서만큼은 부자였다고 한다. 어느 정도냐 물었더니 "목말라" 하면 물을 떠다 주는 사람이 있었다고 한다. 하지만 일제 강점기에 태어났던 주 여사의 삶은 마냥 쉽게 흘러가지 않았다. 독립운동 자금을 대던 아버지가 어디서 어떻게 생을 마감했는지도 모른 채, 가족을 잃었다. 주 여사에게 남겨진 사람은 할아버지뿐이었다. 주 여사의 할아버지는 귀한 손녀 아무 곳에나 시집보낼 수 없다며, 이 동네 저 동네를 돌아다니며 손주사위를 구해왔다. 그렇게 주 여사는 스무 살에 결혼식을 치렀다. 결혼식 날 처음 본 사람과의 결혼이라니, 상상도 안 되지만 그 시절엔 그랬다고 한다.

곱게 자란 주 여사가 시집가서 할 수 있는 일은 아무것도 없었다. 밥을 짓고 물을 긷는 일조차도 주 여사에게는 너무 생소한 일. 고된 시집살이는 없었지만 시어머니는 아무것도 할 줄 모르는 주 여사를 못마땅하게 여겼다. "쟤는 키만 컸지, 아무것도 할 줄 몰라. 물 길어오라고 시키면 다 흘리고 온다니까." 구박받는 주 여사가 안타까웠는지 주 여사의 남편은 새벽에 일어났다. 제 어머니에게 "어머니 그만하소" 말은 못 했지만, 물을 대신 길어옴으로써 다정함을 보인 셈이다. 주 여사의 남편은 하나뿐인 딸에게도 다정했다. "신영아, 내가 너 결혼할 때 엄마 몰래 다 고급으로 해줄게" 하며 손잡고 동네를 다녔다고 한다. 엄마는 종종 내게 말했다. "할아버지 살아계셨으면 너네 많이 사랑해줬을 텐데." 그러니까 주 여사의 이야기와 엄마의 이야기를 들어보면 할아버지는 꽤 다정했던 사람.

하지만 할머니는 돌아가신 할아버지를 말할 땐 늘 '그 인간'이라 했다. 아니 그 인간이라니. 다정한 사람에게 어울리지 않는 호칭에 당황하자 할머니가 말을 덧붙였다. "신랑도 처음엔 잘했어. 그런데 딱 막냇삼촌 네 살 때까지 잘했지. 그 인간 그 이후로는 술을 배워가지고 그때부터는 꼴도 보기 싫더라." 주 여사는 정확하게 기억하고 있었다. 다정했던 남편이 변한 시기를. 뒤늦게 술을 배운 할아버지는 어지간히도 할머니를 괴롭게 했다. 성실하던 사람이 갖은 핑계를 대면서 술을 마셨고, 급기야 일도 안 하고 술만 찾았다고 한다. 술만 마셨으면 좋았을 텐데, 사고도 많이 쳐서 수습하고 다니느라 바빴던 주 여사. 할아버지는 술을 끊고 다정한 남편으로 되돌아갈 기회를 잡기 전에 돌아가셨다. 결국, 생계를 꾸리고 아이를 돌보는 일은 예정된 것처럼 할머니의 몫이 됐다. 그렇게 할아버지는 주 여사 기억에 처음엔 다정했지만 변해버린 원수로 남아 있다. 할머니는 죽어서 그 인간이랑 같이 묻힐 생각을 하면 진저리가 난다 말할 정도다. 그래서일까, 할머니는 꼭 사람을 오래 보라고 한다. 처음엔 누구나 잘한다고, 중요한 건 변하지 않는 거라 말하면서.

주 여사의 말을 듣고는 처음엔 간도 쓸개도 다 빼줄 것 같았던 옛 애인이 생각났다. 그 마음이 고작 한 달을 넘기지 못했던 걸 생각하면 지금도 헛웃음이 나온다. 나라고 다를 거 없다. 처음에 그저 내 마음만 알아주길 바라놓고 결국 내가 먼저 차갑게 식어버려 이별을 고했던 적도 있으니까. 사람을 볼 때면 딱 보면 안다던 말도, 3초면 사람을 알 수 있다는 말도, 더는 하지 않는다. 신랑에서 원수로 호칭이 바뀐 할아버지를 생각하면서, 사람을 볼 때 시간을 두고 오래 본다. 내게 잘하는 사람도, 누군가에게 잘해주려 하는 나도, 그 마음이 변하지 않길 바라며 오래 본다.

약손 주 여사

○

□

여섯 살 때였을까. 손님이 사 온 복숭아를 먹으려고 입에 갖다 대자 손과 얼굴이 시뻘겋게 부어올랐다. 놀란 할머니는 부랴부랴 약국에 가서 두드러기 약을 사 왔다. "아휴 복숭아 알레르기가 있네." 할머니는 그 후로 내 근처에 복숭아는 얼씬도 못 하게 했다. 물론 나를 제외한 식구들은 모두 복숭아에 홀딱 빠져 맛있게도 먹었지만.

갓난쟁이였을 때도 손녀가 감기라도 들면, 할머니는 밤새 우는 아이를 등에 업고 때로는 안아가며 약을 먹이고 간호했다. 물론 그 시절이 생생하게 기억나지는 않고, 할머니와 엄마의 말을 전해 들었다. 종종 여름철에 배탈이 나면 할머니는 배를 만져주며 "할머니 손은 약손" 하고 달래주기도 했다.

하지만 약손 주 여사의 활약이 대단했던 건 내가 초

등학생 때였다. 주말 오후 무엇을 잘못 먹었는지, 온몸에 벌겋게 두드러기가 나기 시작했고 급기야 온몸이 간지럽고 고통스러워 엉엉 울기 시작했다. 갑자기 멀쩡하던 손녀가 괴로워하는 걸 본 주 여사는 "기다리고 있어 할머니가 금방 약 구해올게" 하고는 밖으로 나갔다. 우는 언니 옆에서 동생이 어쩔 줄 몰라 당황하고 있는 동안 주 여사가 검정 봉지를 들고 돌아왔다. 주 여사는 내가 입고 있던 옷을 훌러덩 벗기고는 화장실 욕조 안으로 들여보냈다. 그러고는 내 몸에 정체를 알 수 없는 검정 물체를 바르기 시작했다. "할머니 냄새나! 냄새가 너무 심해." 할머니는 조금만 참으면 곧 괜찮아질 거라며 두드러기가 난 곳에 그 물체를 꼼꼼하게 발랐다. 그러고 10분쯤 지났을까, 신기하게도 간지러움은 사라지고 벌겋게 올라왔던 두드러기도 잠잠해졌다.

"할머니 이건 뭐야? 도대체 어디서 난 거야?"
"예전에 테레비에서 두드러기 났을 때 좋은 한약재가 있다고 했던 게 생각났거든."

TV에 스쳐 지나갔던 걸 기억해낸 주 여사, 마음이 급해 약재상도 아닌 한의원으로 달려가 대뜸 약재를 팔 것을 요청했다고 한다. 이후 주 여사는 혹시 모를 일을 위해 약재상에서 그 검은 약재를 왕창 쟁여왔고, 한동안 우리 집 부엌 오른쪽 맨 아래 서랍엔 늘 그 약재가 있었다.

주 여사의 활약은 비염 치료로 이어졌다. 중학교 때부터 시작된 비염은 나와 동생을 지독히 괴롭혔다. 줄줄 흐르는 콧물에, 코를 부여잡게 만드는 간지러움까지. 온 집 안엔 코 푼 휴지가 돌아다녔다. 그런 손녀들을 보고 또 안 되겠다 싶었던 주 여사는 그날부터 열심히 TV를 보기 시작했다. 이때부터는 노트와 펜이 꼭 함께했는데, TV에 나오는 약의 이름과 제조회사를 꼼꼼히 적어두기 위함이었다. 하지만 이 징글징글한 비염. 주 여사가 TV에서 보고 사다 준 스프레이 약은 전혀 먹히지 않았다. 주 여사는 더 열심히 TV를 보았다. 주 여사에게 새로운 정보를 익힐 방법은 TV밖에 없었다.

하루는 주 여사가 시장에 다녀오겠다고 집을 나섰다. 이유를 묻자 다짜고짜 비염을 낫게 해주겠다는 게 아닌가. 멀다고 그냥 가지 말라고 말리는 손녀를 뒤로한 채 주 여사는 기어코 버스 타고 30분 거리의 부평 시내로 나갔다. 그러고는 지난날처럼 양손 가득 검정 봉지를 들고 왔고, 노인정도 거른 채 두 시간을 꼬박 부엌에 서 있었다. 한참 뒤, 진한 갈색 물을 물병에 담기 시작했고 컵 두 개에 따르더니 나와 동생을 한번에 불렀다.

"한 손으로는 코 막고 한 손으로는 이거 먹어. 이거 먹어야 비염 없어져."

나는 죽어도 이 냄새나는 건 못 먹겠다며, 그냥 약국에서 파는 알약을 먹겠다 했다. 그랬더니 주 여사 왈,

"디나 안 디나 안 먹겠다고 하네. 그냥 눈 딱 감고 꿀

떡꿀떡 삼켜."

　강하게 밀어붙이는 주 여사의 성화에 못 이겨 나와
동생은 한 잔을 다 마셨다. 이후 주 여사는 우리를 붙잡
고 매일 갈색 물 한 잔씩을 마시게 했고, 다 마신 뒤에는
캐러멜 땅콩을 하나씩 까줬다.

　그래서 어떻게 됐냐고? 신기하게도 코가 뻥 뚫리고
지독하게 나를 괴롭히던 비염은 슬며시 자취를 감췄다.
효과를 본 할머니는 한 달 후 다시 약재가 든 검정 봉지
를 들고 왔고, 조금이라도 비염의 기미가 보일라 치면
부엌으로 향했다. 그러고는 종일 약재를 달여 일주일 치
를 물통에 담아냈다.

　지금이야 인터넷으로 검색하면 많은 정보가 나오지
만, 주 여사는 인터넷을 사용할 줄 모르는데도 언제나
우릴 구해냈다. TV를 보며 얻은 정보를 늘 꼼꼼하게 적
어놓으며 손녀의 두드러기도 비염도 고친 것이다. 적어
두기만 하고 끝난 게 아니라 직접 발로 뛰며 약재상을
다니면서 좋은 약재를 찾고, 애들 먹을 거니 덜 쓰게 할
방법은 없냐 물으며 TV 속 정보와 약재상의 정보를 조
합해 할머니만의 약을 만든 것이다.

　혹여 좋은 정보를 놓칠세라 늘 TV 앞에 앉아 수첩과
펜을 쥐고 있던 주 여사. 그 수첩에는 손녀를 위한 정
보뿐만 아니라, 고혈압이 있는 딸, 복부비만 판정을 받

은 아들을 위한 약 정보도 빼곡히 적혀 있었다. 물론 직
접 할머니가 약을 구해와서 달이고 먹인 건 손녀들뿐
이지만.

가래엔 '뮤코펙트', 비염엔 '지르텍'.

믿음의 변천사

주 여사의 딸이 샤머니즘에 빠져 있을 때였다. 선택의 갈림길이 오면 무당을 찾았고 꽤 큰돈을 쓰곤 했다. 그런 딸을 향해 주 여사는 "엄한 데 돈 쓰지 마라. 아무 소용없더라. 나도 다 해봤다"라 말했다. 엄마는 주 여사의 말을 흘려듣는다. 옆에서 둘의 대화를 듣던 나는 주 여사에게도 그런 시절이 있었구나 싶었다. 시골에 살던 주 여사는 당시 고단한 삶을 감당할 자신이 없어 무당을 찾았다고 했다. 무당뿐인가, 절을 다니기도 했다. 속썩이던 남편 때문이었을까, 그 속썩이던 남편이 하늘로 떠나 혼자 아이 넷을 키우게 된 버거움 때문이었을까. 그렇게 무당을 찾고 절도 다녔던 할머니는 시골에서 도시로 삶의 터전을 옮기면서 믿음도 옮겼다.

어렸을 적 일요일이 되면 주 여사와 나는 옷을 깔끔하게 차려입고 교회로 향했다. 내가 따라가겠다고 한 건지 할머니가 함께 가자고 한 것인지는 기억나지 않는다.

확실한 건, 집에서 신앙을 가진 사람은 할머니뿐이었다는 것. 아침 일찍 일어나 할머니의 손을 잡고 교회 건물 엘리베이터를 타고 내리면, 주 여사는 나를 또래 아이들이 있는 곳으로 데려다주고 다시 할머니 또래가 있는 곳으로 돌아갔다. 예배가 끝나면 다 같이 근처 슈퍼에 가서 과자 하나를 고를 수 있었다. 아마 나는 그 과자를 먹기 위해 할머니와 매주 교회에 가지 않았나 싶다.

예배가 끝나고 먹는 과자보다 아침 일찍 TV에 나오는 만화가 재밌어지기 시작하자 나는 자연스레 교회에 가지 않았다. 아침 일찍 일어나 디즈니 만화를 다 보고, 채널을 돌려가며 TV를 시청한다. 그러다 송해 할아버지의 '전국 노래자랑' 실로폰 소리가 들릴 때쯤이면 할머니가 집에 왔다.

늘 성경책을 들고 공부하던 주 여사에게 '수산나'라는 이름이 생겼다. 꽤 오랫동안 교회를 다니던 할머니가 성당으로 옮긴 것이다. 일요일 아침 옷을 차려입고 검은색 토트백을 드는 건 변함없다. 교회에서 성당으로 장소가 바뀐 것뿐. 그리고 주 여사 옆엔 내가 아닌 동생 1호가 따라가기 시작했다. 그렇게 둘은 일요일 아침마다 성당으로 향했다. 현관문 위쪽에는 성당 명패가 붙었고, 방 한쪽에는 기도 공간까지 마련되었다. 그곳엔 성모마리아상과 묵주와 성경책이 놓였다.

샤머니즘에서 불교로, 불교에서 기독교로, 기독교에서 천주교로 주 여사의 믿음이 변해왔다. 아마도 능동적으로 평온을 얻기 위한 선택이 아니었을까 생각한다. 쉬이 털어놓을 곳 없는 답답한 마음을 계속 쌓아만 둘 수는 없었을 테니까.

며칠 전 나는 주 여사에게 물었다.

"지금도 신을 믿어?"

예전처럼은 아니란다. 어째 부탁하는 건 하나도 안 들어준다고. 그냥 그래도 이따금 심란할 때 기도를 하면 마음은 편하다고. 무엇을 믿든 안 믿든, 주 여사 마음만 편하면 될 일이다.

손녀에게 받은 용돈을 성모마리아상 앞에 놔두고

손녀를 위해 기도하는 주 여사.

산으로 가는 대화 : 관계에 대하여

김경희 : 안녕하세요, 주 여사님. 오늘은 '관계'에 대한 이야기를 나눠보려고 합니다. 참 어려워요. 부모 자식 관계부터 오랜 친구까지도요. 여전히 속앓이하고 상처받고 그렇습니다. 주 여사님은 좋은 사람을 알아보는 방법이 있나요?

주 여사 : 좋은 사람을 알아보는 건 힘들어. 사람은 겪어봐야 알고, 물은 건너봐야 알아. 여러 번 사귀어보면 그 사람 모시기(심성)가 다 나오거든. 그러니까 오래 봐. '그렇게 안 봤는데 저런 게 있구나' 싶은 게 있지. 오래 보면 돼.

김경희 : 오래 보면 좋지. 그럼 할머니가 생각하는 좋은 사람의 기준은 뭐야? 내가 좋아하는 사람들 보면 대체로 착하더라고. 재미있거나, 인색하지 않은 사람, 그리고 배려 잘하는 사람. 할머니는 어때?

주 여사 : 좋은 사람은 말이지, 양심을 똑바로 가진 사

람이지. 나라는 거를 내세우고, 내가 최고라고 내세우고, 남을 치고, 자기가 모두 다 잘한다고 자기 자랑하는 거는 못써. 욕심 지나친 사람은 안 돼.

김경희 : 그럼 양심 똑바르고 겸손한 사람이 좋은 사람이라는 거네?

주 여사 : 그렇지. 노인정에 새로 들어오는 똑똑한 사람들이 있어. 여러 노인정 다니다가 우리 아파트에 이사 온 할머니들. 근데 그 사람들이 나 같은 사람이 없대. 하여간 처음 먹은 맘 그대로, 누구한테도 인정을 품고, 절대로 양심 지키고, 손해를 보더라도 남을 먼저 생각한다고. 나보고는 다 그렇게 말해.

김경희 : 갑자기?

주 여사 : 너 고해성사라고 아냐? 성당에는 1년에 두 번 고해성사를 봐. 내가 잘못한 거 신부님한테 가서 말하는 거야. 나는 크리스마스 돌아오고 그럴 때 하는데, 내가 오래 다녔으니까 신부님이 내 목소리를 다 알아. 그럼 "수산나는 고해성사 없을 건데 왜 하세요?"라고 해. 그러면 나는 "왜 잘못한 게 없어요. 다 잘못한 거지 뭐"라고 한다니까.

김경희 : 그럼 할머니가 좋은 사람이야?

주 여사 : 아니 남들이 그렇게 말한다는 거지. 하여간 내가 최고여도 내색은 하지 말고, 지 입으로 자기 잘났

다 하면 안 돼. 모든 행동을 깨끗이 하고, 거짓말하면 안 돼. 솔직한 마음으로 대해야 해. 만약에 사람이 넷인데 뭐가 세 개밖에 없다? 그러면 내가 안 가지면 돼. 알았지?

김경희 : 나는 내가 이것도 할 수 있다, 저것도 잘한다 말해야 일이 들어오는데, 그럼 그러지 마?

주 여사 : 응, 그러지 마. 그리고 너 어디서든 요리조리 일 안 하고 뺀질거리면 안 돼. 그거만큼 얄미운 거 없어.

김경희 : 난 안 그러지. 그럼 할머니, 사람들과 관계를 잘 맺으려면 어떡해?

주 여사 : 서로 베푸는 마음, 서로 사랑하는 마음, 서로 애껴(아껴)주는 마음을 갖는 거지. 추운데 나만 목도리를 갖고 있다, 그러면 그걸 풀어서 상대방한테 "춥지? 내 목도리 둘러" 이렇게 말하면서 줘. 그렇게 애껴주는 맛이 있어야 해. 그리고 그 사람 혼자 할 일을 같이 해줘. "도와줄게" 하면서. 그 정도면 괜찮아. 그럼 사람들이랑 잘 지낼 수 있어.

김경희 : 그래, 그럼 할머니는 많은 사람들이랑 두루두루 관계 맺는 게 좋아, 아님 소수의 사람들이랑 지내는 게 좋아?

주 여사 : 한 서너 명만 친하게 지내는 게 좋아. 너무

많이는 싫어. 너무 많으면 거기에 희한한 사람도 있잖아. 그리고 욕심 많은 사람들이랑은 친구 하지 마. 아니 글쎄, 노인정에 새로 들어온 회장이 말이야 얼마나 욕심이 많은지, 진짜 꼴사나워. 며칠 전에는 말야….

　김경희 : 할머니, 귀 파줄게. 누워봐.

왕할머니와 증손주 2호

□

명절 연휴가 시작되면 주 여사는 큰아들네로 향한다.
명절 전날에 가서 하룻밤 자고, 다음 날 차례를 치르고
오는데, 주 여사는 그 하루가 영 불편하다고 한다. 혼
자 편하게 옷 입고 보고 싶은 TV 보면서 지내다가, 리
모컨의 온전한 주인이 되지 못하는 일상은 이래저래 눈
치가 보일 법하지. 아무리 아들 집이어도 같이 산 시간
보다 떨어져 산 시간이 많으니까. 나도 내 침대만 벗어
나도 불편한데.

그런데 그 모든 불편함보다 더 큰 불편함이 있었으
니, 바로 나이 차이만 무려 여든 살이 넘게 나는 증손녀
의 존재다. 마냥 예쁠 것 같은데 왜 불편하냐 물으니, 얄
밉다는 거다. 주 여사는 조금 민망해했지만 한 톤이 올
라간 목소리로 이야기를 풀어나갔다.

그날도 여느 때와 다를 바 없이 명절 전날 아들네에

간 주 여사. 집에는 아들 내외와 손녀가 낳은 증손주들
이 있었다. 소파에 앉아 TV를 보고 있던 주 여사에게 큰
삼촌이 부족한 명절 음식과 군것질거리를 사자며 집 앞
마트로 산책을 제안했고, 아이들이 슈퍼를 놓칠 리 없었
타. 주 여사, 큰삼촌, 꼬맹이 둘. 이렇게 넷이서 집을 나
와 마트로 향했다. 나온 지 3분이나 됐을까? 증손주 2호
가 말한다. "할아버지 걷기 힘들어, 나 안아줘." 큰삼촌
은 배시시 웃으며 번쩍 들어 품에 안는다. 할머니 눈에
는 어린 증손녀보다, 환갑 넘은 아들이 손주를 힘들게
안고 있는 게 더 마음 아프셨나 보다.

"아가, 왕할머니랑 손잡자. 할아버지 힘들어. 내려와."
아이는 싫다 하고, 주 여사는 계속 증손녀에게 말을
건다. 알콩달콩한 할아버지와의 사이를 자꾸 갈라놓으
려는 왕할머니가 미웠던지 증손주 2호는 급기야 말했다.
"저 할머니 미워."
그 말은 들은 주 여사 또한 반격을 가했다.
"나도 너 미워."
결국 한밤중 산책은 그렇게 마무리됐다는 것이다.

"세상에 할머니, 그게 그렇게 미웠어? 걔한테는 할아
버지잖아. 삼촌도 손녀라면 껌뻑 죽고."
"그렇긴 한데, 그래도 나는 내 아들 힘든 것만 보이
더라."

참말로, 우리 주 여사. 어른 같다가도 가끔 보면 아이 같다. 환갑 넘은 아들 힘든 게 먼저 보이는 아흔 살 주 여사의 마음이란.

"부모가 자식에게 주는 것이
뭐냐 하면 정 떼는 게 첫째다."
부모의 역할을 고민하면서도
정 떼지 못하고 환갑 넘은 자식들
생각하는 주 여사.

주 여사에게 늙음이 찾아왔다

주 여사가 거실 한가운데 엎드려 현관에 붙어 있던 마트 전단지를 천천히 읽는다. "배추 1포기 1500원, 1인 6포기 한정 판매." 김장철이 다가왔다. 주 여사는 손이 어찌나 큰지, 1년 동안 여섯 식구가 먹을 김치로 100포기를 담그는 사람이다. 말이 100포기지, 온 집 안이 현관부터 거실, 베란다, 장소를 가리지 않고 배추로 뒤덮인다. 열정과 에너지도 넘치는 사람이라 손녀들을 대동해 매일 마트에 간다. 배추를 가득 쌓아놓으면 이제는 운전하는 딸을 대동해 새우젓을 사러 소래포구로, 김장 속 재료를 사러 농수산물센터로 부지런히 다닌다.

기운도 얼마나 센지 모른다. 절임 배추는 믿을 수 없다며 직접 배추 100포기를 절이는 작업부터 한다. 소금을 쳐서 절이고, 다시 뒤집어서 소금을 친다. 마트에서 집으로 배추를 실어나르는 것과는 비교가 안 된다. 시간을 계산하고 한밤중에 일어나 배추를 뒤집는다. 물 먹은 배추의 무게는 엄청나다. 힘센 사위나 손녀들 시키면 될 것을 늘 혼자 하다가는 "아이고, 어머님 나오세요, 제가 할게요", "아이고, 할머니 나와 나와, 내가 할게" 말을 들어도 기어코 당신 손으로 해낸다.

마트에서 배추를 사는 것에서부터 아침 일찍 일어나 김장하는 것까지, 며칠 동안 잔뜩 예민해진 나는 말한다.

"할머니 제발 먹을 만큼만 하자."

"100포기는 충분히 먹어. 그리고 진짜 올해만 이렇게 하는 거야."

하지만 난 알고 있다. 이 김치는 결코 여섯 식구 입에만 들어가는 게 아닐 거라는 걸. 혼자 사는 아들, 손주들, 동네 혼자 사는 친구에게도 전해질 거라는 걸.

김장 당일, 부지런한 주 여사는 새벽부터 일어나 찹쌀풀을 쑤고 큰 대야에 고춧가루며 새우젓, 쪽파를 넣어 김칫소를 만든다. 주 여사의 지휘 아래 식구들은 절인 배추에 빨간 김칫소를 넣고 차곡차곡 김치통에 쌓는다. 주 여사는 틈틈이 식구들을 보며 양념이 모자랄 수 있으니 김칫소는 조금씩 넣으라 말한다. 그렇게 100포기 김장을 끝내고 온통 고춧가루로 뒤덮인 집을 청소한다. 그리고 식구들이 차례로 씻고 나와 김치와 수육을 먹는다. 이 하루가 마무리되면 주 여사는 이틀 몸살을 앓는다. 김장이 정말 사람 잡는다. 손도 크고 부지런한 주 여사의 김장 이벤트는 정신력으로 해온 게 아닐까 싶다. 진즉 몸살이 났어야 했는데 끝까지 버틴 게 아닐까 싶다.

그랬던 주 여사에게도 늙음이 찾아왔다. 손 컸던 주 여사는 100포기에서 50포기로 줄이자는 손녀들의 말에 순순히 수긍했다. 이러다간 내가 죽겠다며, 생배추가 아닌 절임 배추를 사자는 말에도 "그래 올해는 그렇게 해보자"하는 날이 온 것이다. 김장 끝에 누워 있는 날이 이틀에서 사나흘로 길어지기 시작했다. 엄마도 손녀도 주 여사에게 늙음이 찾아온 걸 알게 됐다. 더는 앓는 할머니의 모습을 볼 자신이 없어, 작년엔 할머니 몰래 김장을 했다. 할머니에겐 "우리 토요일에 김장할 거야. 그때 우리 집으로 와"해놓고서는 엄마와 내가 금요일에 김장을 다 끝내놨다. 집에 들어와 김장 통에 가득 담긴 김치를 본 주 여사, "아이고, 난 오늘 하는 줄 알았는데 다 해버렸네. 고생했네" 말한다. 예전 같으면 본인 손으로 끝내지 못해 속상해했을 주 여사가 "나는 이제 힘들어서 김장은 못 하겠어"라고 말하며 김치 맛을 본다.

이제 주 여사는 더는 김장에 참여하지 않는다. 하지만 못내 아쉬운지 현관에 붙어 있는 마트 전단지를 보며 "아유, 배추 진짜 싸다. 이렇게 싸도 되냐…"혼잣말을 한다.

쉽게 버릴 수 없는 것

주 여사와 함께 살 때였다. 분기별로 대청소를 진행했던 나는 쓰지 않는 문구류와 옷, 생활용품을 추려 거실에 내놓았다. 그 짐은 종량제봉투 50리터를 두 봉지 채울 만큼이었는데, 마침 노인정을 다녀온 주 여사가 보더니 기겁을 하며 말했다. "애가 디나 안 디나 다 버리네." 청소하는 내내 내가 왜 사서 이 고생을 하나 수십 번 후회하며 겨우 끝마친 뿌듯함은 온데간데없이 사라지고, 쓸 만한 걸 추려내는 할머니를 말리기 위해 다시 바빠진다. "할머니, 아냐. 다 버려야 해! 다 쓰레기야!" 할머니는 듣는 둥 마는 둥 흘려들었다. 결국 절반은 고스란히 할머니 방으로, 나머지 절반만 분리수거장으로 향했다. 아, 내 손에 쥐어진 쓰레기봉투는 두 개였어야 했는데.

이후 따로 살게 되면서 나는 마음껏 버리는 삶을 살 수 있었지만, 주 여사네 집에 갈 때마다 버리고 싶은 마음을 억누르기가 힘들었다. 주 여사네 냉장고와 벽 사이 작은 틈에는 비닐봉지들이 빼곡하게 껴 있다. TV장 아래 두 번째 서랍에는 새 연필과 각양각색의 펜, 그리고 쓰다 만 노트가 빼곡하다. 그뿐일까, 장롱 속 깊은 곳엔 유행이 지나 버리려고 내놨던 내 겨울 목도리가 있다. 2년 이상 입는 걸 본 적이 없는 옷들도 가득하다. 화장실 서랍엔 사용하지도 않는 오래된 수건이 한 칸을 다 차지하고 있다. 그런 것들은 그냥 좀 버리라고 했지만, 대답은 한결같다. "애가 또 디나 안 디나 다 버리라고 하네."

자고로 남의 살림살이에 참견하면 안 되는 걸 알면서도 나는 잔소리를 늘어놓는다. "아이고 주 여사, 이거 그냥 다 버려. 뭘 굳이 다 갖고 있어. 비닐봉지 많은데 왜 다 모아둬. 아니 수건은 2년 이상 쓰면 버려야 한다니까. 왜 이걸 다 갖고 있대 정말." 그런데 언제부턴가 주 여사, 내가 슬쩍 버리는 흉내라도 내면 말로만 놔두라 하고 그 이상 말리지 않기 시작했다. 손녀딸을 말리기엔 힘에 부치는 것.

"할머니 왜 도대체 다 끼고 사는 거야? 안 쓰는 건 버려야지."

"나는 물건이 귀한 시대에 태어났잖아. 네가 더는 안 쓰겠다고 버리는 것들도 할머니에겐 귀한 거거든."

주 여사가 좋아하는 자유시간과 체리를 담은 마트 봉

지도, 죽을 포장해온 종이봉투마저도, 주 여사에게는 쉽게 버릴 수 없는 것이었다. 물건이 귀한 시대에 태어난 주 여사와 모든 게 풍족했던 시대에 태어난 나. 내가 겪어보지 못한 주 여사의 삶을 생각한다. 그러곤 사기 전에 한 번 더 고민하고, 버리기 전에 물건들의 쓸모에 대해서 생각하기로 한다. 주 여사가 그랬듯.

큰맘 먹고 서랍 정리하는 주 여사.

너무 미워하지 마

□

일곱 살 때였다. 퇴근한 엄마 아빠와 차를 타고 간 곳은 큰집이었다. 엄마는 늦어서 죄송하다고 말하며 서둘러 부엌으로 향했고, 아빠는 천천히 거실에 앉았다. 나와 내 동생은 또래 친척들이 놀고 있는 친할머니 방으로 들어갔다. 내겐 엄마가 손에 쥐어준 과자가 한가득 있었다. 다 같이 나눠 먹으라는 엄마의 말을 잊지 않고 과자를 내려놓으려는데 친할머니가 과자 봉지를 가져가며 말했다.

"너희 집은 아들 없으니까 먹지 마."

과자를 보며 정신없이 달려드는 친척들 틈에서 한 발짝 멀어져 조용히 구석에 자리 잡았다. '이거 우리 엄마가 사준 건데요' 말할 용기는 없었다. '왜 우리 집은 아들이 없는 걸까? 왜 할머니는 내가 아들로 태어났어야 했다고 말하는 걸까? 할머니도 여잔데, 왜 여자를 싫어

126

하는 걸까? 그냥 내가 싫은 걸까? 엄마는 왜 아들을 낳
아주지 않는 걸까?'묻고 싶은 것만 도돌이표처럼 계속
되었다. 책상 두 개 옷장 하나 있는 방 안에서 나는 가
구가 된 것마냥 존재가 지워졌고, 과자를 먹는 친척들
을 바라볼 뿐이었다.

그 이후의 시간은 기억나지 않는다. 아마 한참을 방
안에 혼자 있다가 제사가 끝나기만 바라고 있었겠지. 집
으로 가는 길 차 안, 나는 엄마와 아빠에게 아무 말도 하
지 않았다. 할머니가 했던 말은 내게 상처가 되는 말이
었고, 왠지 그 말은 엄마 아빠에게도 상처가 될 것 같았
다. 밤늦게 집에 도착하니 주 여사가 문을 열어줬다. 이
제 왔냐며 "내 새끼 졸리겠네" 하고 맞아주는 주 여사
손을 잡고는 함께 방에 들어갔다. 그러고는 침대가 아
닌, 주 여사가 자는 바닥에 누웠다. 옷을 갈아입고 침대
위 잠든 동생을 한번 보고는 슬쩍 주 여사에게 말했다.

"할머니, 나 구로동 할머니 싫어. 엄마가 사준 과자
나보고 먹지 말래. 내가 아들로 태어났어야 했는데 딸
로 태어났다고, 우리 집은 아들 없으니까 과자 먹으면
안 된다고 했어. 구로동 할머니 싫어."

그렇게 말하면서 훌쩍거렸다. 중간중간 밉다는 말을
계속하면서. 주 여사는 천천히 이야기를 다 듣고는 말
했다.

"경희야, 할머니는 네가 여자로 태어나서 너무 좋아. 그런데 구로동 할머니 너무 미워하지 마, 알았지? 내일 유치원 갔다 오는 길에 할머니가 요 앞에 슈퍼에서 과자도 사주고, 아이스크림도 사줄게. 그러니까 구로동 할머니 너무 미워하지 마."

　주 여사는 왜 내 편을 안 들어주냐고 씩씩거리는 나를 토닥이며 말했다. 할머니가 나중에 구로동 할머니 만나면 우리 경희 먼저 과자 주라고 할 테니 구로동 할머니를 미워하지 말라고 할 뿐이었다.

　그로부터 몇 년 후. 친척들과 함께 큰 버스에 탔다. 모두가 검은색 옷을 입고 있었다. 나는 울고 있었는데, 아빠는 그런 내게 그만 울라고 얘기하고는 바삐 다른 곳으로 자리를 옮겼다. 그날은 구로동 할머니가 돌아가신 날이었다. 산에 갔다가, 몇 번을 또 울다가, 그렇게 며칠이 지나 집으로 돌아왔다. 집에 돌아온 나는 주 여사 옆에 누워서 잠을 잤다. 주 여사는 처음 마주한 죽음에 엉엉 울던 손녀딸의 등을 밤새 토닥였다.

　구로동 할머니 제사를 일곱 번쯤 지낸 이후 나는 제사에 더는 가지 않았다. 구로동 할머니에 대한 미움보다는 사춘기였기 때문인데, 제사 때마다 부엌으로 향하는 것도, 부지런히 음식을 나르는 것도, 늘 친척 남동생 뒤에서 제사를 지켜보기만 하는 것도 지겨워지던 때였다.

구로동 할머니의 제사를 스무 번쯤 지낸 때였을까? 제사를 지내고 밤늦게 온 엄마와 밤의 허기를 제사 음식으로 달래기 위해 식탁에 마주 앉았다. 마치 어제 본 TV 드라마 내용이나 연예인 가십을 말하듯 얘기했다.

 "엄마, 나 친할머니 진짜 싫어했는데…. 아들 없다고 우리한테 얼마나 뭐라 했어. 안 그래? 난 지금도 미워."
 "엄마도 구로동 할머니한테 섭섭한 거 많았는데, 우리 엄마가 미워하지 말라고 하더라. 그때는 딸 편을 안 들어주고 왜 사돈 편을 들어주나 했거든? 그런데 엄마 이야기 들어보니까 그게 아니더라고."

 그러니까 구로동 할머니가 건강했을 때, 우리 집에 온 적이 있었다. 당시 우리 가족은 주 여사와 함께 살고 있었으니 사돈이 며칠을 함께 보내게 된 셈인데, 동갑이었던 둘은 꽤 많은 대화를 했다고 한다. 그때까지 자식들도 몰랐던 구로동 할머니의 고되고 외로웠던 삶을 주 여사가 처음으로 알게 된 것이다. 이후 구로동 할머니가 병에 걸렸고, 주 여사는 우리와 함께 차를 타고 구로동에 갔었다. 그리고 그날 구로동 할머니 방에서 주 여사는 한참을 있었다.

 주 여사는 제 딸과 손녀를 예뻐하지 않았던, 상처를 준 사람의 말을 늘 귀담아들었다. 그러고는 이해했다. 뒤늦게 주 여사를 통해 녹록지 않았던 구로동 할머니의 삶을 듣고는 엄마도 더는 크게 섭섭해하지 않았다고 했다. 서른이 넘은 내게는 여전히 가구처럼 앉아 있던 그때의 기억이 상처로 남아 있다. 시간이 흘러 옅어졌지만 그래도 미운 마음. 하지만 주 여사의 말을 듣기로 했다. 너무 미워하지는 않기를. 주 여사가 구로동 할머니의 삶을 내게 다 말해준 건 아니지만, 미워하지 말라는 주 여사의 말을 듣고 싶어졌다.

타인에게도 내가 모르는 사정이 있음을. 그러니까 미워하되 너무 미워하지 않기를. 외롭고 고된, 녹록지 않은 삶을 살아온 한 여자를 조금은 이해하기로.

산으로 가는 대화 : 술에 대하여

◯

☐

　김경희 : 안녕하세요, 주 여사님. 요즈음 저는 '인생
노잼 시기'를 겪고 있습니다. 뭘 해도 재미없고 그러네
요. 혹시 인생을 즐기는 방법을 알고 계시나요?

　주 여사 : 인생을 즐기려면 술을 마실 줄 알아야 해.
그런데 너네 엄마처럼은 안 돼. 그냥 알맞게 기분 좋게
먹고 딱 끊어야 해. 너네 엄마는 꼭 너네 할아버지 같아.
조마조마해. 또 이상한 소리 하고 그럴까 봐.

　김경희 : 할머니는 무슨 술 좋아했는데?

　주 여사 : 우리는 막걸리 먹었지. 소주는 독해서 못 먹
어. 막걸리에 설탕 쳐서 먹었어. 모심을 때 그걸 먹어야
일할 수 있었어. 종일 허리 구부리고 끝까지 다 심으려
면 얼마나 힘든데. 그래서 술 배운 거지. 술 마시면 그래
도 힘든 거 잊을 수 있으니까.

　김경희 : 술 마시고 어떻게 일해?

주 여사 : 많이 먹고 그런 건 아니지. 술잔으로 서너 잔씩 먹었어. 그래도 많이 취하고 그러진 않아 막걸리는. 막걸리를 통으로 받아오면 다라(대야)에다가 설탕을 넣고 저어서 먹지.

김경희 : 그럼 나도 술을 배워야겠다.

주 여사 : 넌 배울 게 없어서 술을 배우냐. 술 배우지 마.

김경희 : 인생을 즐기려면 술을 마실 줄 알아야 한다며!

주 여사 : 그냥 조금만 즐기라는 거지. 굳이 뭘 또 배워.

김경희 : 그래도!

주 여사 : 그냥 먹지 마.

김경희 : 나 중학생 때 할머니 노인정에서 술 먹고 집에 와서는 계속 웃고 그랬잖아. 기억나? 그때 즐거웠을 거 아냐. 나도 그냥 배울래.

주 여사 : 야 그건 어쩌다 마신 거지. 나야 어렸을 때 일이 너무 힘들어서 술 힘으로 버티려고 어쩔 수 없이 먹은 거지. 놀려고 먹었냐? 일하려고 먹었지.

김경희 : 그럼 인생을 즐기는 방법은 뭐야. 술을 먹으라는 거야 말라는 거야.

주 여사 : 즐기진 말고, 그냥 아주 조금만, 춤출 수 있을 정도만 마셔. 아휴 아니다. 몰라. 너 알아서 해. 나 테레비 봐야 해.

어느 여름날의 걱정

여름만 되면 바람 빠진 튜브처럼 축축 처진다. 일은
계절을 가리지 않고 주어지고, 하고 싶은 것도 많고, 잘
하고 싶은 마음은 굴뚝인데 영 힘이 안 난다. 영양제를
부지런히 챙겨 먹고 운동을 해도 그대로라 보약을 지어
먹어야겠다 싶어 한의원에 갔다. 의사가 맥을 짚더니 한
달 치 보약값이 45만 원이라면서 "지어드릴까요?" 하는
데 순간 마음이 불편해진다. 여름이라고 젊은 내가 이리
힘들면 우리 주 여사도 힘들 텐데. 나 혼자 45만 원 주고
보약 먹는 게 영 걸린다. "다음에 다시 올게요" 하고 나
오는 길, 주 여사에게 전화를 걸었다.

"할머니, 나랑 보약 먹자. 내가 지어줄게."
"어유, 난 보약 싫어. 예전에 우리 할머니 할아버지
가 약방 했는데 늙어서 절대 보약 먹는 거 아니랬어. 죽
을 때 힘들다고."

아흔이 되는 주 여사가 아무렇지 않게 내뱉는 죽음이라는 말에 서른이 넘은 손녀는 울컥해서 괜히 말을 돌린다. 죽음이 까마득히 먼일이길 바라면서도 쇠약해지는 몸을 이끄는 할머니도 그 모습을 바라보는 손녀도 마음을 졸인다.

그해 여름, 결국 보약을 지어 먹진 않았다. 혼자 먹는 건 영 내키지 않았다. 보약 지어 먹으려고 했던 돈으로 할머니와 갈비찜과 해물찜을 먹으며 보냈다.

할머니가 여든과 아흔 사이에서 아흔에 더 가까워지는 어느 순간부터 나는 무서운 게 많아졌다. 이상한 꿈을 꾸거나, 노인정을 가득 채우던 신발들이 하나둘씩 줄어드는 걸 볼 때면 할머니가 훌쩍 떠나버릴까 봐 겁이 난다. 죽음도 삶의 일부라고, 죽음을 준비해야 한다고 초연히 생각하려 하지만 영 쉽지 않다. 아무리 노력해도 주 여사의 부재는 준비할 수 없는 일. 초연해질 수 없는 일. 주 여사의 시간은 어째 더 빨리 흐르는 것 같고, 그만큼 나는 겁이 많은 사람이 되어간다.

주 여사의 티타임.

좋아하는 과일은 체리,

그리고 샤인머스캣.

천천히 물들어가는 중입니다

주 여사와 내가 함께한 시간은 내 나이만큼이다. 그 시간 동안 큰소리가 났던 적은 딱 한 번, 초등학교 겨울 방학이었다. 무슨 일 때문인지는 기억이 안 난다. 내가 할머니에게 내뱉었던 말만 생각날 뿐이다.

"우리 집에 오지 마. 할머니 집으로 가."

할머니는 다 키워놨더니 이런 말을 한다며 크게 화를 냈다. 내가 어렸을 때면 주 여사는 70대였으니 기질도 강했을 때였다. 처음 본 화내는 할머니 앞에서 나는 울고 말았다. "아니 할머니 그게 아니고, 그런 말이 아니란 말이야." 눈물을 뚝뚝 흘리며 할머니를 붙잡았지만, 주 여사는 현관문을 열고 앞동에 있는 할머니 집으로 가버렸다. 어린 나는 할머니가 꼭 그렇게 화를 냈어야 했을까 원망스러운 마음과 함께, 화가 난 할머니의 모습에 잔뜩 풀이 죽어 있었다.

중학생 때 일이다. 친구네 집에 놀러 가서 친구 어머

니와 대화를 나눌 때였다.

"경희야, 가끔 내 자식도 포기하고 싶을 때가 있어."

엄마가 자식을 포기하고 싶다니, 자식이 미울 때가 많다는 친구 어머니 말에 적잖이 놀랐다. 그런데 이 말을 들었을 때, 그때의 기억이 떠올랐다. 유일하게 할머니가 내게 화를 냈던 그때. 할머니도 버거운 순간들이 많았겠구나. 할머니에게도 감당할 수 없는 말이 있었겠구나. 내가 뱉은 말이 그러지 않았을까.

나와 열두 살 차이 나는 동생 2호가 갓난아기였을 때다. 아무도 없는 집에서 한 살도 안 된 동생을 보고 있는데 갑자기 동생이 울기 시작했고 나는 어찌해야 할지 몰랐다. 어르고 달래봐도 안 되자 얼굴이 벌개질 정도로 울고 있는 동생 2호에게 소리를 질렀다. "아 왜! 왜 우는 건데!" 나도 울며 발악하다시피 소리를 질렀더니 우는 소리가 뒤엉켜 누구의 울음소리인지도 모르게 되었다. 말 못 하는 아이가 우는 소리에 순간 욱해서 화를 내고, 그러고는 그게 미안해 또 울고. 그러니까 할머니도 그런 게 아니었을까, 순간의 감정 같은.

할머니는 그 이후로 내게 소리를 지른 적도, 화를 낸 적도 없다. 나도 할머니에게 밉다고 소리를 친 적도, 우는 모습을 보여준 적도 없다. 그렇다고 서로가 미웠던 적이 없는 건 아니다. 내가 방을 엉망으로 해놓을 때나 철없는 짓을 하고 다닐 때 할머니는 화를 내진 않았지만 나를 미워했을 테니까. 나 또한 할머니가 엄마를 힘들게 할 땐 할머니가 미웠으니까. 하지만 우리는 함께 보내는 시간이 쌓이고 그만큼 타인과 관계를 맺으며 서로를 이해해갔다. 할머니와 나만이 존재했던 세계에서 타인의 마음이 들리기 시작했고, 어느 날엔 내가 할머니가 되어보기도 했다. 할머니도 마찬가지였겠지. 할머니와 나는 다른 관계를 통해 서로를 이해하고 받아들였던 것이다. 30년이 넘는 시간에 걸쳐 만들어진 관계. 할머니와 나는 천천히 서로에게 물들었다.

어느 여름밤
퇴근한 손녀와 나란히 손잡고
함께하는 밤 산책.

산으로 가는 대화 : 일에 대하여

○

□

○ 32년지기의 믿음

주 여사는 궁금한 게 참 많은 사람이다. TV를 볼 때면 저 사람은 뭐 하는 사람이냐, 노래하는 사람이냐, 연기하는 사람이냐, 나이는 몇이냐, 다 묻는다. 뉴스를 볼 때도 마찬가지. 그런 주 여사니 가까운 손녀딸에게 궁금한 건 얼마나 많을까. 그런데도 우리에겐 꼬치꼬치 캐묻지 않는다. 돈은 얼마나 버는지, 적금은 붓고 있는지, 궁금한 게 많을 텐데. 하루는 할머니 집에서 잠을 자고 다음 날 출근 준비를 하는데 할머니가 물었다.

주 여사 : 너네 사장은 어떤 사람이냐?

김경희 : 좋은 사람이야.

주 여사 : 하기야, 그러니까 네가 같이 일하겠지.

□ 연기의 신

주 여사 : 지하철 타고 댕기는 거 안 힘들어?

김경희 : 힘들어. 맨날 서서 가.

주 여사 : 아이고, 사람도 많이 타는데 열차 좀 늘려주지 정말.

김경희 : 그러게 말이야.

주 여사 : 자리 나면 무조건 앉아. 눈 감고 자는 척해.

◇ 퇴근 1

출근길 주 여사에게 전화하는 걸 깜빡한 어느 날, 화장실에 가면서 주 여사에게 전화를 걸었다.

김경희 : 할머니 뭐 해?

주 여사 : 노인정에서 놀고 있지. 넌 일하고 있어?

김경희 : 응. 근데 피곤해.

주 여사 : 그럼 일찍 퇴근해.

김경희 : 아직 퇴근하려면 멀었는데?

주 여사 : 피곤하니까 일찍 퇴근하겠다고 해. 내일 열심히 하겠다고.

김경희 : 그래도 될까?

○ 퇴근 2

김경희 : 할머니 나 사랑니 뽑았어.

주 여사 : 이빨을 뽑았다고? 아이고 아플 텐데.

김경희 : 많이 안 아파. 괜찮아.

주 여사 : 너 일하고 있어?

김경희 : 응.

주 여사 : 일찍 퇴근해.

김경희 : 그럴까?

□ 어려운 건 없다

김경희 : 할머니 글 쓰는 거 너무 힘들고 어려워.

주 여사 : 너 그 컴푸타 그거로 손 엄청 빨리 움직이더만. 그게 어려워?

김경희 : 빨리는 칠 수 있는데, 안 써져. 어려워.

주 여사 : 그럼 천천히 해.

그래 조급해 말자. 천천히 쓰면 돼.

할머니의 좋은 점

chapter 3.

그저 방 정리나 잘하면

◇

하나부터 열까지 다 널 위한 소리

□

1. 소중한 물건을 버릴 때

너네 교복 버릴 때, 이름표 붙어 있으니까 뭐 누구 물려줄 수도 없잖아. 헌 옷 수거함에 넣을 수도 없고, 그냥 놔두자니 자리만 차지하고. 그래서 그거 버릴 때 할머니가 신문지에 싸서 버렸어. 그냥 쓰레기봉투에 넣으면 쓰레기랑 섞이는데 마음이 좀 그렇더라고. 너네가 3년씩 입은 옷인데. 너네도 소중한 물건을 버릴 때는 꼭 신문지에 싼 다음에 쓰레기봉투에 넣어서 버려.

2. 손녀딸에게 강조하고 싶은 주 여사 삶의 철칙 7

하나. 공부해서 바보 소리 듣지 말아라.

둘. 혹여 공부를 못하면, 그건 어쩔 수 없다. 대신 속고 살지 말아라.

셋. 남한테 인정받는 사람이 돼야 한다.

넷. 돈 쓸 자리에서는 꼭 써라. 돈 있는데 경조사 안 챙기면 인간이 아니다.

다섯. 대신 다른 데서 돈은 꼭 아껴라.

여섯. 옷 자주 빨아 입어라.

일곱. 거짓말하지 말고.

3. 스트레스 해소 방법

돈이 있으면 스트레스받을 일이 없어. 돈을 벌면 돼. 나 먹고 싶은 거 다 먹고, 하고 싶은 짓 다 하고, 인심도 쓰고 살면 스트레스받을 일 없어. 돈 주면 누가 싫다 하겠어? 안 그래? 배고프고 가련한 사람한테 돈 만 원 줘봐라. 스트레스고 뭐고 다 없어지지. 그러니까 스트레스받을 땐 돈을 벌어.

4. 성공 방법

인간의 성공은 공부 잘해서 성공하는 것보다 돈이 있어서 성공하는 게 빨라. 알뜰하게 덜 쓰고 뫼면(모으면) 돼. 안 그럼 빚을 내서 써야 해. 여유 있을 때 모아야 해. 그러면 평생 고생 안 해. 내가 세상 사는 거 지대로 알아. 공부 잘해서 좋은 데 취직하려는 것도 결국엔 돈 벌려고 하는 거야. 그래서 공부 공부 하는 거지 뭐. 돈 때문에 그런 거야. 두 푼 벌 때 한 푼만 쓰고, 한 푼은 예금해. 돈 없으면 멀시 천대야. 돈을 벌어.

5. 금전 관계

친구한테 돈 빌려주지 마. 절대 안 돼. 친구가 야속하게 생각한다고 해도 어쩔 수 없어. 거짓말해. 누가 큰

돈 벌게 해주겠다 하면서 투자해라 이런 거 하지 마. 금방 벼락으로 돈 버는 것처럼 말하지? 세상에 그런 거 없어. 형제들한테도 빌려주지 마. 절대 안 돼. 동기(자매들)간도 안 돼. 돈 때문에 의 상해. 돈 있는 거 어디 가서 내색하지 말고.

만약에 엄마 아빠가 빌려달라고 하면?

부모한테는 돈 빌려줘. 대신 너네 엄마 아빠 집 담보로 잡어.

6. 나 죽고 나서

제사는 절대 지내는 게 아니다. 살아서 재밌게 살면 된 거다. 제삿날 그냥 다 같이 모여서 바람 쐬고 노는 거지. 죽은 사람이 와서 먹냐? 그러니까 제사 지내지 말고 살아.

7. 남 말할 때 중간에 껴들지 마!

(내가 할머니와 이야기를 하는 와중, 심심했던 막냇동생이 자꾸 다른 이야기로 화제를 전환하자 주 여사가 한마디한다.)

마지막으로 절대 남 말할 때 중간에 껴들지 마. 이것도 써라.

조금 늦게, 조금 일찍 태어났더라면

□

　하루는 사진첩을 보다 한복 입은 주 여사의 사진을
발견했다. 친구들과 제주도에 가서 찍은 사진이라 한다.
　"할머니 제주도는 어땠어?"
　"마냥 좋았지."
　"한 번 더 가보고 싶진 않아?"
　"한 번 더 가보면 좋지."
　어렴풋이 나중에 할머니와 함께 제주도 여행을 가면
좋겠네 싶었다.

　이후 나는 제주도에 두 번을 다녀왔지만 모두 할머
니가 아닌 친구와 함께였다. 새로운 곳에 가서 새로운
경험을 하며 오로지 나만 생각했다. 내 삶이 우선이었
다. 그러다 문득 주 여사와 함께 가겠다 마음먹었을 땐
할머니는 이미 쇠약해져 있었다. 혼자 인천에서 논산으
로 지하철에, 기차에, 버스도 타고 다니던 주 여사는 집
앞 10분 거리 마트를 갈 때도 몇 번이나 벤치에 앉아 쉬

어야 갈 수 있게 됐다. 돈을 벌기 시작하면서 이제야 내 삶이 아니라 주 여사의 삶도 돌볼 수 있게 됐는데, 여행을 가기엔 늦어버린 것이다. 주 여사가 조금 늦게, 내가 조금 일찍 태어났더라면, 일찍 철이 들었더라면, 그래서 주 여사의 건강한 몸과 내가 번 돈의 타이밍이 맞았더라면 어땠을까?

종종 생각한다. 할머니가 거동이 불편해지거나 누군가의 도움의 손길이 필요할 때, 과연 나는 내 일상을 포기하고 온전히 할머니 옆에 있을 수 있을지. 주 양육자였던 주 여사는 내가 핏덩이일 때부터 매일같이 내 기저귀를 갈아주고 재우고 먹이고 씻겨줬는데, 나도 주 여사에게 그대로 해줄 수 있을지를. 나는 내 후회를 덜기 위해 과연 어디까지 감내할 수 있을까. 주 여사는 고민하지 않았을 일을 나는 왜 고민하는 것일까. 어쩌면 후회를 덜려고 아무리 애써도 덜 수 없는 일이겠지.

우리는 제주도 여행 대신 동네 데이트를 하기로 한다. 가는 곳만 가기 때문에 매번 똑같은 패턴이다. 집 근처 식당에서 둘이 밥을 먹고 카페에 가는 것. 가끔은 중간에 은행에 볼일이 있다며 주 여사를 이끌고 간다. 그러고는 몰래 만 원짜리 30장을 뽑는다. 그대로 봉투에 담고는 이제 가자며 주 여사 손을 잡는다. 20분쯤 걷고 나면 할머니 집에 도착한다. 가방에 있던 봉투를 건넨다. "자 용돈이야" 하고 건네면 할머니는 "너 이거 땜에 은행 가자고 한 거구나" 말하면서 돈을 확인하고는 뭐 이리 많이 넣었냐며 연신 고맙다고 한다.

"할머니가 기도할게, 널 위해 기도할게."

이렇게 마무리되는 짧은 반나절 데이트가 나와 주 여사에겐 여행인 셈. 다음 여행을 기약하며 출근하기 위해 짐을 챙기고 있는데, 방 한 켠 성모마리아상 앞에 돈 봉투를 올려놓는 주 여사가 보인다. 가만히 앉아 있는 주 여사를 보며 생각한다. 주 여사의 어린 시절 추억이 있는 울산과, 주 여사가 한복 입고 놀러 갔던 제주를 손잡고 함께 천천히 걷는 건 다음 생에 꼭 해볼 수 있기를. 또 한 번 할머니와 손녀로 만나서.

다만 60년 가까운 나이 차이 말고, 딱 50년의 차이만큼만 나길 바란다. 주 여사의 건강한 몸과 내가 번 돈의 타이밍이 맞을 만큼만. 기약할 수 있는 게 다음 생이라, 입 밖으로 내뱉지는 않고 속으로 삼킨다. 작게 기도하고 있는 주 여사에게 "할머니 나 이제 일하러 간다!" 말하고는 자리에서 일어선다. 차 조심하라며, 지하철에서는 무조건 앉으라며 신신당부를 하는 주 여사 목소리가 현관문 넘어 아파트 담까지 맴돈다.

오랜만에 손녀딸에게 받은 용돈이

반가웠던 나머지, ATM 기계 앞에서

바로 돈을 세어보는 주 여사.

"나한테 그만 주고
너 쓰고 싶은 거
쓰라니까 참말로."

우리의 꿈은 비혼

□

주 여사와 아파트 단지를 산책하고 있었다. 아파트 참 잘 지어놨네, 날이 참 좋네, 말하던 주 여사가 뜸을 들인다. 그러고는 조심스레 묻는다.

"만나는 사람은 없고?"

서른 살 손녀가 연애는 하고 있는지, 결혼은 언제쯤 할지 궁금해도 절대 먼저 묻지 않던 할머니였다. 지금까지 "할머니 나 만나는 사람 있어", "할머니 나 헤어졌어", "할머니 나 소개팅 했어" 말만 툭 던져놓고 시시콜콜 얘기는 못 했다. 많이 궁금했을 텐데도 할머니는 "그랬구나" 하고 말았다. 그게 참 고마웠다. 애인과 관계가 끝난 후 그 끝을 알리는 일은 썩 반갑지 않은데, 할머니는 그 끝을 더 파고들지 않았다. 어느 순간 나는 사람들이 툭툭 내뱉는 말들에 익숙해져 있었다. "경희씨, 연애 안 해요?" "딸, 남자친구 없어?" 그때마다 찝찝했던 마

할
모
니
의
좋
은
점

음을 다 표현할 수는 없었다. 하지만 조심스레 물어봐주는 주 여사의 말은 다정했다. 손녀딸이 만났던 모든 사람을 재는 거 없이 좋은 사람이라 말해준 유일한 사람.

"할머니 나 서른일곱에 결혼할 거야"라고 하니 주 여사는 너무 늦는 거 아니냐며, 서른둘도 좋을 것 같다고 하고는 다시 "여기 꽃 예쁜거 봐봐" 하며 말을 돌렸다.

시간이 흘렀다. 강산이 변하는 데 10년이 걸린다고 하는데, 뭐든 빨리 변하는 시대라 그런지 내 가치관은 2년 사이 획획 바뀌었다. 서른일곱 즈음 결혼 생각이 있었던 나는 할머니가 결혼하길 바랐던 서른둘에 비혼주의자가 됐고, 틈만 나면 "나 혼자 살 거야!" 떠들고 다닌다. 손녀의 강한 외침에도 만나는 사람은 없냐, 그래 요즈음은 결혼 안 한다는 사람도 많더라, 그래도 좋은 사람 있으면 해라, 하던 주 여사가 어느 날 조용히 말했다.

"근데 안 한다는 네 마음도 알 것 같아."
"정말?"
"사실 결혼하면 신경 쓸 것도 많고, 속 끓일 일도 많아. 그러니까 혼자 사는 게 편해. 능력 있으면 혼자 살아. 결혼하면 골치 아파. 나도 결혼해서 내 인생 다 버렸지. 시댁이며 친척이며 남의 비위만 맞춰주고 살았잖아. 징글징글해. 나를 위해 산 적이 없어. 결혼만 안 했

으면 농사짓고 일하면서 혼자 자유롭게 살았을 거야. 노
인정 할머니들도 다 그 소리 하더라. 그때는 먹고살 길
이 막막하니 도망갈 생각도 못 했는데, 지금이었으면 진
작 도망가고 혼자 잘 살았을 것 같아. 다시 태어나면 절
대 결혼은 안 하련다."

주 여사의 말을 듣고는 가끔 주 여사가 누군가의 엄
마도 할머니도 아닌 '주옥지'로 혼자 살았으면 어땠을
까 하는 생각을 했다. 주어진 그 긴 시간을 오로지 자
신을 위해 썼다면, 주 여사가 꿈꾸던 정치도 하지 않았
을까? 특유의 성실함과 부지런함으로 거상이 되지 않
았을까? 힙한 비혼 할머니로 여기저기서 인터뷰도 하
지 않았을까?

비혼을 선택한 나는 할아버지와 함께 산 세월보다 혼
자 산 세월이 더 긴 할머니의 말을 자주 곱씹는다. 혼자
서도 잘 살 수 있을 것 같아서. 그러고는 그래! 혼자 제
대로 살아보자, 하고 마음을 다잡는다. 허나 혼자 사는
일이 생각보다 녹록지 않다. 두 다리 뻗고 누울 내 집 하
나 구하는 일부터 쉽지 않다. 하지만 주 여사의 손녀딸
인데 여기서 포기하겠는가? 보여줘야지. 혼자서 썩썩하
게 아쉬울 거 없이 잘 사는 손녀딸의 삶을. 그래서 '아
이고 다음 생엔 나도 우리 손녀처럼 살아봐야겠네'싶
은 생각이 들도록. 내가 할머니의 꿈이 될 수 있기를.

꽃은 그냥 지나칠 수 없는 주 여사,

"여기 꽃 예쁜 거 봐봐."

사람이 받기만 하면 안 돼

겨울에 있었던 일. 주 여사의 생활 반경은 주중에는 집과 노인정, 주말에는 집과 성당이 전부다. 그래서인지 계절을 크게 타지 않는다. "할머니 옷 좀 따뜻하게 입고 다녀. 후리스 말고 파카 입어!" 하고 큰소리를 내면, "에이 뭐 어때, 요 앞인데 하나도 안 추워" 답한다. 그래도 겨울은 겨울인데 어찌 안 추울까. 목이라도 좀 따뜻했으면 싶어 내 목도리를 사는 김에 할머니 것도 하나 더 샀다. 주 여사의 패션은 손녀가 사준 후리스에 손녀가 사준 목도리. 얼마 하지도 않는데 할머니는 따숩고 예쁜 거 사 왔다며 참 좋아했다.

며칠이 지났을까, 주 여사가 묻는다. "목도리 얼마 주고 산 거야?" 목도리 값을 주려나 싶어 "아휴 그런 걸 왜 묻는데? 싼 거야 싸!" 그랬더니 주 여사가 말한다. "아니 내가 목도리 두르고 갔더니 강원도 할머니가 그런 건 어디서 사냐고 묻더라고." '강원도 할머니'는 주 여사와 같은 층에 사는 친한 친구다. "안 그래도 며칠 전에 옥수수를 받아서 무엇으로 갚지 싶었는데, 이 목도리 사주면 좋을 것 같아서." 할머니가 돈 줄 테니까 하나 더 사다 주면 안 되냐고 묻길래, 돈은 됐고 내가 하나 더 주문할 테니 걱정 말라고 말했다. 말은 그렇게 해놓고선, 컴퓨터 켜고 들어가는 게 뭐 그리 귀찮다고 차일피일 주문을 미뤘다. 며칠 후, 주 여사가 조심스레 다시 묻는다. "어딘지 말해주면 할머니가 사 올까?" 너 아직도 안 샀냐 큰소리치면 차라리 마음이 편하겠는데, 조심스레 물으니 미안해져 서둘러 주문을 했다. 배송이 오자마자 할머니에게 건넸다. 주 여사는 뭐 그리 마음이 급한지 내일 아침에 노인정 가서 줘도 될 것을 기어코 밤 9시에 강원도 할머니 집으로 향한다. 한참을 있다 돌아온 주 여사는 강원도 할머니가 좋아했다며 고마움을 전했다.

"목도리 줘서 이제 마음 놓인다. 나는 누가 나한테 뭐 주는 거 안 좋아. 갚아야 하잖아."
"에이 할머니 누가 뭐 주면 좋지. 왜 안 좋아?"
"사람이 받기만 하면 안 돼."

할머니에게 계속 들어서일까. 나는 받으면 꼭 갚으려고 한다. 생각지도 못한 사람이 내 생일을 챙겨주면 그 사람의 생일을 알아내 꼭 잊지 않고 선물을 보낸다. 커피 한 잔을 얻어 마시면 다음번에 만날 땐 꼭 내가 산다. 가끔 친구는 너무 계산하는 거 아니냐고 했지만, 별수

157

없다. 받기만 하면 안 되니까. 주 여사가 잊지 말고 꼭 갚으라고 했으니까.

산책길에 만난 반가운
주 여사 친구.

산으로 가는 대화 : 옷에 대하여

김경희 : 안녕하세요, 주 여사님. '패션'에 대한 주 여
사님만의 철학이 있다는 소문을 들었습니다. 알려주시
겠습니까?

주 여사 : 옷은 자리에 맞는 옷이 중요해. 옷 못 입으
면 사람들이 우습게 본다.

김경희 : 사람들 시선 때문에 옷을 잘 입어야 해? 언
제는 지 하고 싶은 거 하면서 지멋대로 사는 게 중요하
다고 했잖아.

주 여사 : 그렇긴 한데, 옷은 잘 챙겨 입어야 해. 내가
이제 와 하는 말인데, 너 옷 사는 거 보면 영 못마땅했
어. 애는 도대체 돈도 버는 애가 왜 저렇게 싼 것만 사서
입는가 싶었다니까?

김경희 : 엄청 싼 것도 아니었어, 할머니! 그래도 나름
예쁘게 잘 입고 다녔잖아.

주 여사 : 뭐 죄다 싸구려더만. 옷은 집에서는 편한 거 입고 밖에 나갈 때는 제대로 입어야 해. 남한테 안 빠지게 입어. 그래야 사는 것도 잘살아.

김경희 : 옷 비싼 거 사면 돈은 언제 모아? 할머니가 경제는 남들이 살리는 거고, 우리는 돈 아끼고 저금해서 집 사야 한다면서. 옷 비싼 거 입으면 집 못 사.

주 여사 : 그래도 중간 넘는 가격으로 사. 어디 출입할 때 웃옷은 꼭 좋은 거 입어야 해.

김경희 : 그럼 할머니, 나 이번 겨울에 패딩이나 코트 백만 원짜리 사 입고 그럴까?

주 여사 : 백만 원?

김경희 : 응 백만 원짜리.

주 여사 : 백만 원 주더라도 사 입어야지.

김경희 : 백만 원짜리 옷을 어떻게 사 입어. 간도 크네! 우리 할머니.

주 여사 : 너 이제는 싼 거 입지 마. 알았지? 계절 옷 괜찮은 거 하나씩 사서 오래 입으면 돼. 그리고 자주 빨아 입어라.

김경희 : 할머니, 자꾸 유행이 바뀌잖아. 근데 어떻게 계절마다 괜찮은 옷을 사.

주 여사 : 유행 다 필요 없어. 싼 것 좀 그만 사. 맨날 커튼 같이 흐느적거리는 거 그만 사고.

김경희 : 아이고 알겠습니다. 그럼 이번 겨울 큰맘 먹
고 외투 하나 장만해보도록 하겠습니다.

유자차 타주는
주 여사 스웩.

더는 만날 수 없는 곳으로

　평소와 다른 옷차림, 머리도 단정하게 빗고 외출 준
비를 마친 주 여사는 앞동 깔끔이 할머니가 입원한 병
원에 노인정 사람들이랑 같이 병문안을 하러 간다고 했
다. '깔끔이 할머니'는 노인정 내에서 깔끔하다고 붙여
진 이름으로, 손녀딸을 시켜 다른 할머니들 몰래 주 여
사 집으로 매일 먹을 걸 보내던 할머니였다. 주 여사보
다는 다섯 살 많았지만, 노인정에선 모두가 친구였다.
늘 지팡이를 짚고 다녀도 정정했던 깔끔이 할머니가 무
슨 이유로 병원에 입원했을까 싶었는데 침대에서 넘어
지셨다고 한다. 주 여사는 노인정 할머니들과 함께 20분
이 넘게 걸리는 병원까지 걸어서 다녀왔고, 근처 슈퍼
에서 음료수 한 박스도 사 갔다고 했다. 깔끔이 할머니
는 괜찮냐고 물어보니 곧 퇴원할 수 있을 것 같다며, 크
게 안 다쳐서 다행이라고 그랬다.

　집 앞 마트에서 장을 보면서 귤 한 박스를 샀다. 노

인정에 들러 "할머니~ 할머니~" 부르니 주 여사가 나온다. 할머니가 문을 열고 나오는 그 틈에 신발장을 슬쩍 바라본다. 신발장 가득 메웠던 신발들이 오늘따라 더 비어 보인다. 뭘 이런 걸 사 오냐는 할머니에게 귤을 건네며, "할머니들이랑 먹어, 이따 집에서 봐" 하고는 나온다.

집에 도착한 주 여사는 왜 쓸데없는 데 돈을 쓰냐고 나무라면서도, 할머니들이 손녀를 어떻게 키운 거냐고 칭찬해서 뿌듯했다고 한다. "쓸 만하니까 돈 쓰지 안 그래?" 우쭐거리니 주 여사가 씩 웃는다. "할머니, 근데 깔끔이 할머니 아직도 병원이래? 진달래 할머니는 시골 갔어? 안 보이시네." "아, 그 할머니들 요양원 갔어. 꽤 됐어." 요양원을 갔다는 말에 나는 어떤 말을 해야 할지 몰라 대충 대답을 하고는 화제를 돌렸다. 할머니 나 순두부찌개 먹고 싶어. 오늘 그거 해주라.

매일 같이 밥을 먹고 수다 떨던 주 여사의 친구들이 한 명 두 명 요양원으로 떠난다. 주 여사가 요양원으로 놀러 가기도, 요양원에 있던 친구가 다시 돌아오기도 힘들기 때문에 친구와 영영 이별하는 것이나 다름없다. 간혹 낯선 사람이 노인정에 음식을 잔뜩 사 들고 올 때가 있다고 한다. ○○할머니 딸이다, 아들이다, 말하며 돌아가셨다고. 그동안 함께 해주셔서 감사하다는 인사를 전하러 오는 것이다.

가끔 나도 그 순간을 목격할 때가 있었다. 누군가 벨을 눌러 할머니를 찾는다. 문이 열린 틈으로 보이는 낯선 사람이 할머니에게 쇼핑백을 건넨다. 그러고는 말한다. "저희 어머님이 돌아가시기 전에 꼭 전해주라고 하셨어요. 신세 많이 졌다면서요." 할머니는 처음 보는 중년의 손을 잡고 아무 말도 하지 않는다. 친구를 떠나보낸 할머니를 마주할 수 없어, 나는 서둘러 방으로 향한다.

하나둘 더는 만날 수 없는 곳으로 떠나는 친구들을 생각하는 주 여사의 마음은 어떨까, 혼자 물음표를 그리다 이내 접는다. 그 마음을 묻는 게 무서워서 나는 방으로 숨어버린다.

떠나간 이들을 추억하려고.

할머니가 내 뒤에 있을 때

할머니를 떠올리면 늘 당당한 모습이었다. 식구들이
모인 자리에서는 언제나 당신의 의견을 크게 피력했는
데, 특히 선거철이 되면 자식부터 손주까지 모두 모아
놓고 꼭 투표하라고 당부를 했다. 당일에도 전화를 돌
리며 투표는 했는지 확인할 정도였다. 그뿐인가? 선거
철, 후보들이 노인정으로 유세를 오면 그때도 할머니는
목소리를 높였다. 선거철이라고 이렇게 돌아다니는 거
다 안다고, 국민들 세금으로 일하는 거면 제대로 일하
라고, 지금 그 당 너무 못하고 있다고 큰소리치면서 말
이다. 주 여사는 동네에 부당한 일이 있다 싶으면 언제
나 발 벗고 나섰다. 5년 동안 아파트 경비원으로 일하던
아저씨가 부당하게 해고당하자 노인정 할머니들과 다
같이 관리사무소에 가서 따지기도 했다. 그걸로도 부족
해 이건 이치에 어긋난다며 부녀회장을 찾아가 함께 힘
을 모으기도 했다.

그러니까 할머니는 가족들 사이에서도 동네에서도 자신의 의견을 피력할 땐 큰 목소리를 냈고, 앞장섰다. 할머니에겐 무서운 게 없었다. 당신 힘으로 뭐든 해결할 수 있는 사람이니까. 그 누구 앞에서도 작아지지 않았다.

어느 날, 주 여사에게 전화가 걸려왔다. 한 번 와줄 수 있겠냐고. 그런 말을 한 적이 없어 놀라 이유를 물었더니, 집에 수리기사들이 오기로 했는데 혼자서는 감당이 안 될 것 같다는 것이었다. 문제는 이러했다. 며칠 전 아래층 아줌마가 문을 두드렸고, 할머니 집 베란다에서 물이 새고 있다며 따지기 시작했다. 겨울이라 베란다에서 물을 사용하지도 않았고 빨래도 빨래방 가서 하는데 무슨 말이냐 했더니 다짜고짜 큰소리를 내길래 할머니는 우선 알겠다고 했다 한다. 그 이후로도 아랫집에서 몇 번이고 올라왔고, 답답했던 주 여사는 관리사무소에도 문의를 해봤지만, 관리사무소에서는 그냥 할머니가 피해보상을 해줘야 한다는 말뿐, 시원한 대답을 찾을 수 없었다. 정확한 원인도 모른 채 항의가 이어지자 할머니는 보상을 해주려고 했다. 하지만 찝찝함은 남아있었고, 일을 해결하기 전까지 계속 낯선 이들이 집을 오가니 결국 손녀들에게 연락을 취한 것. 주 여사는 혼자서 화를 낼 힘도, 문제를 해결하기 위해 알아볼 에너지도 없었다.

주 여사의 전화를 받은 나와 동생은 관리사무소 직원들과 이야기를 했지만, "에이 그냥 물어주세요. 물어주셔야 해요"라는 답변만 들었고, 결국 사설 업체를 알아보고 출장을 요청해 문제를 파악했다. 알고 보니 오래된 아파트 배수관의 문제였지 할머니의 과실이 아니었고, 할머니가 피해보상을 해줄 의무는 전혀 없었다. 그제야 관리사무소도 아래층도 조용해졌다. 며칠 동안 너무나 많은 사람들이 할머니 집을 오갔다. 그때마다 할머니는 아무 말도 할 수 없었다. 예전 같으면 혼자서도 여기저기 알아봐서 일을 해결하고 그 무용담을 우리에게 들려줬을 텐데 말이다. 일이 마무리되고 모두가 나가자 할머니가 말했다. "늙긴 늙었나 봐, 이제 혼자서는 일 처리를 못 하겠네."

나는 늘 할머니 뒤에 있었다. 할머니는 뭐든 해결해주는 사람이었으니까. 늘 강하고 굽히지 않는 사람이었으니까. 그랬던 할머니가 이제는 내 뒤에 있다. 신경질적으로 관리사무소 직원들을 상대하는 내 뒤에서 할머니는 가만히 지켜볼 뿐. 할머니가 내 뒤에 있다.

좋은 엄마와 좋은 할머니 사이

○

□

　주 여사는 내게 다정한 할머니지만, 엄마에게도 좋은
엄마였을까 하면 아님을 안다. 위로 두 명의 오빠, 아래
로 한 명의 남동생 사이에서 엄마는 늘 할머니에게 뒷
전이었다. 주 여사는 아니라고 하지만 어째 자식을 향
한 당신의 안쓰러운 마음은 함께 살지 않는, 게다가 살
갑지도 않은 아들들에게로 향했다. 그게 아들이어서인
지, 물리적 거리감에서 오는 그리움 같은 감정 때문인지
는 알 수 없다. 주 여사는 괜히 어려운 아들들보다 만만
한 딸에게 더 성질을 부리기도 했다. 모녀 사이에도 거
리가 필요한 법인데 너무 붙어 살아서였을까? 가까우면
소중함을 종종 잊기도 하니까.

　함께 또는 가까이 살며 할머니가 아플 때 병원을 데
려간 이도 엄마였고, 엄마가 여의치 않을 땐 엄마의 딸
들이 그 역할을 했다. 물론 할머니도 할 말은 있다. 낳
기만 한 딸을 내가 키우지 않았느냐, 네가 밖에서 돈을

벌고 있는 사이 내가 너의 집안일을 하지 않았느냐 말할 수 있다. 그 간극에서 둘은 다정한 모녀가 될 수 없었다.

그 사이에서 나는 할머니가 엄마에게 조금만 더 다정했으면 좋지 않았을까 생각했다. 하지만 이미 엄마의 마음은 닫혀 있었고, 별수 없구나! 받아들일 뿐이다. 지나가는 말로 할머니에 대한 원망을 내비치는 엄마에게 그러지 말라고 말하는 것도 폭력이니까. 사실 이마저도 뒤늦게 알았지만. 이후 엄마가 어떤 마음을 먹든, 할머니를 어떻게 생각하든, 무조건 존중하기로 했다. 내가 할 수 있는 건 중간에서 전하면 안 되겠다 싶은 말은 전하지 않는 것, 간혹 서로를 향한 마음이 느껴질 땐 조금 더 보태서 기분 좋게 전하는 것.

그런데 요즘 할머니가 부쩍 엄마를 걱정하는 말을 하기 시작했다. 엄마가 '장모님'이 되면서부터다. 동생이 결혼하자 식구가 한 명 더 늘었다. 식구가 늘면 마냥 좋을 줄 알았건만, 엄마에겐 일이 더 늘어났다. 식구들 모두 일을 하니까 각자 알아서 밥을 챙겨 먹는 게 자연스러웠는데, 엄마는 장모님이 되자 다시 부엌으로 향했다.

대전에서 동생 부부가 올라오면 2박 3일은 머무른다. 엄마는 전날부터 장을 보고 요리하기 바쁘다. 닭볶음탕과 갈비찜을 동시에 가스레인지에 올린다. 그뿐인가? 밑반찬을 만들면 그마저도 집에 갈 때 동생에게 싸줘야 한다며 엄청난 양을 만든다.

하루는 대전 사는 손녀딸이 온다는 소식에 할머니도 우리 집으로 왔다. 할머니 집, 친정집, 매번 따로 들르느라 바빴던 손녀딸을 위한 배려인 셈. 그런데 할머니 눈에 들어온 건 오랜만에 보는 손녀가 아니라 딸이었다. 퇴근 후 쉬지도 못하고 자정이 넘어서까지 혼자 끙끙거리며 부엌에서 음식을 하고 있는, 아침잠이 많은데도 일찍 일어나 손주사위 아침상을 차리고 다시 출근하는 딸을 본 것이다. 그 이후부터였다. 할머니는 동생 부부가 온다고 하면 늘 걱정부터 한다.

"나윤이 보는 건 좋은데… 나윤이만 왔으면 좋겠다. 너희 엄마가 너무 고생이야. 사위 밥 먹이겠다고 에휴 참. 힘들어서 안 되는데…."

할머니가 엄마에게 건네는 그 마음이 반가워 엄마에게 슬쩍 전하면, 엄마는 할머니의 마음을 밀어두고 엄마 딸을 생각한다. "멀리 떨어져 살잖아, 둘 다 일하니까 밥해 먹기 힘들고. 그러니까 내가 해줘야지. 너도 결혼해서 애 낳아봐, 엄마 마음이 다 그래." 할머니가 엄마를 생각하는 마음이 조금 더 빨랐으면 좋았을 텐데. 엄마를 향한 할머니의 마음을 전해도 엄마에게 닿지 않는 걸 보면, 동시에 좋은 할머니와 엄마가 되는 건 쉽지 않은 걸까?

널뛰는 마음

○

□

　주 여사와 함께 밖에서 밥을 먹기로 했다. 동네에서
먹는 밥인데도 주 여사는 옷을 갈아입고 머리를 매만진
다. 집에서 가장 큰 거울이 달린 화장실에서 단장하고
있을 때였다. 화장실 조명 아래서 거울을 보던 주 여사
가 한숨 쉬며 혼잣말을 한다. "내가 언제 이렇게 늙었
지?" 주름지다 못해 깊게 팬 얼굴을 마주하면서 말을 덧
붙인다. "아휴 비기(보기) 싫어." 그러고는 시간이 너무
빨리 흘렀다며 못내 아쉬워한다.

　주 여사가 흘러가는 시간에 대한 미련만 있는 건 아
니다. 종종 말을 바꾼다. 하루는 거울을 보며 로션을 바
르다 "이렇게 늙는 것도 나쁘진 않아"라고 말한다. 왜
나쁘지 않냐고 하니, 살기 좋은 세상이라며, 계속 나아
지고 있는 걸 볼 수 있지 않느냐고 한다. 시간이 흐르는
건 똑같은데 흐르는 시간에 대한 할머니의 마음은 하루
건너 바뀐다.

하루건너 널뛰는 마음은 나도 주 여사 못지않다. 돈
을 벌고 있고, 좋아하는 일을 한다. 그럴 때면 '만족스러
운 삶이군' 생각한다. 그러다가도 더 많은 돈을 버는 이
들을 보면 한숨이 나온다. 좋아하는 일을 하지만 재능도
성과도 없는 것 같아 '계속하는 게 맞는 건가?' 의심한
다. 그러니까 돈을 벌고 좋아하는 일을 하는 똑같은 상
황에서도 하루하루 마음이 바뀐다는 얘기다. 손바닥 뒤
집듯 쉽게 바뀌는 마음마저도 촐싹거리네 싶어 자신을
나무란다. 그러곤 주 여사를 떠올린다. 이거 혹시 유전
인가? 주 여사에게 묻는다.

"할머니 어제는 얼굴 보면서 비기 싫었다가, 오늘은
그래도 나쁘지 않다고 하니 도대체 뭐가 맞는 거야?"
"어제는 허리가 아파서 그렇고, 오늘은 허리 안 아파
서 그런 거야."

도대체 널뛰는 마음과 허리는 무슨 관련이 있는 거
지? 몸이 아프면 다 싫은 거고, 몸이 안 아프면 다 괜
찮다는 건가? 아! 할머니의 널뛰는 마음은 몸 상태에서
나오는 거였다.

그 말을 듣고 10년도 훨씬 전 일이 떠올랐다. 할머니
허리가 고장 나 늘 누워만 있어야 했던 그때가. 당시 몇
차례 입원과 퇴원을 반복했지만, 딱히 손쓸 방법이 없
었다. 더는 할머니가 걷기 힘든 상황. 식구들은 모두 할

머니의 달라진 신체 변화를 준비하기 시작했다. 아빠는 보조 보행기를 주문했고, 엄마는 허리에 좋다는 약을 수소문했다. 나와 동생은 할머니의 끼니를 챙겼다. 하지만 식구들 모두 할머니 방에 들어가는 걸 주저했다. 날카로워진 할머니가 낯설었기 때문이다. 그 당시 할머니는 늘 찡그린 얼굴이었고, 짧게 내뱉는 말은 전부 뾰족했다. 그런데 며칠이 지났을까. 엄마가 구해온 약을 몇 번이고 먹던 할머니는 기적처럼 한 달 만에 당신 힘으로 걷기 시작했다. 할머니의 보행기는 방구석에서 장롱 위로, 다시 창고로 옮겨갔고, 결국엔 버려졌다. 누워 있던 할머니가 다시 설 수 있게 되자 찡그리고 있던 할머니의 얼굴이 펴졌고, 말투도 원래의 주 여사로 돌아왔다. 다정했던 주 여사로.

그러니까 날카로워지거나 예민해질 때쯤이면 나는 내 마음이 아닌 몸을 먼저 들여다본다. 이따금 가까운 이들에게 따가운 말을 내뱉고, 눈은 흘기면서 입만 겨우 웃고 있을 때, 그래서 아 사는 거 다 괴로워, 다 짜증나 싶을 땐 생각한다. '오늘 몸이 피곤한가 보군.' 반갑지 않은 이 마음들도 푹 자고 일어나면 괜찮아질 거라고, 오늘은 마음이 널뛰는 날이라고 생각한다.

산으로 가는 대화 : 인생에 대하여

김경희 : 안녕하세요, 주 여사님. 오늘은 '재밌는 인생'에 대한 주제로 이야기를 나눠보려고 합니다. 저는 늘 미래의 행복, 안정을 중요하게 여겼어요. 오죽했으면 오랜 친구가 저한테 그러더라고요. "나는 지금 당장 죽어도 후회가 없거든? 근데 너는 지금 당장 죽으면 억울할 것 같아. 넌 늘 미래에 사는 것 같아. 지금 재밌게 살아봐." 막막하더라고요. 인생을 재밌게 사는 방법은 뭘까요? 역시 친구처럼 부지런히 놀아야 하는 걸까요?

주 여사 : 에이, 젊어서 놀면 안 돼.

김경희 : 며칠 전에는 나보고 늙으면 돌아다니기 힘들다고 젊어서 놀라고 했잖아. 그럼 언제 놀아야 해?

주 여사 : 그렇긴 한데, 그냥 젊어서는 일해. 늙어서 힘이 없을 때는 잘 먹고 그러면 남도 알아주거든? 저 사람 팔자 좋다 하면서.

김경희 : 할머니도 젊었을 때 많이 놀러 다녔다면서.

주 여사 : 많이 다니긴 했지. 곗돈으로 음식 해서 다니고 그랬지. 재미있었어. 술 먹고, 장구 치고, 춤추고 놀고 그랬지. 놀러 많이 다녔지. 그때 못 놀았으면 후회했을지도 몰라.

김경희: 농사짓느라 바쁘지 않았어?

주 여사 : 농사 다 끝내놓고 부지런히 다녔지. 그때는 여자가 드세서 잘 다녔었지. 동네 여자들이 생활사업을 다 했거든. 그래서 어른들이 우리 동네는 여자 식구들이 잘 들어와서 잘 돌아간다고 그랬어. 남자들은 여자들 심부름(심부름)하고 그랬어. 정말 혀가 빠지도록 일하고, 농사 다 끝내면 부지런히 놀고 그랬지.

김경희 : 그럼 인생을 재밌게 살려면 역시 놀러 다녀야 하는 거야?

주 여사 : 너도 친구들하고 많이 놀러 다녀. 너 외국 많이 다녔잖아. 미국도 두 번이나 갔잖아. 좋은 고적 있으면 가보고, 위험하지 않은 데로 많이 다녀.

김경희 : 난 혼자 다니는 게 편한데?

주 여사 : 친구하고 가야 재밌지. 친구랑 다녀. 혼자 가면 무슨 재미냐? 아니면 모임 만들어. 나는 동네 여자들이랑 50명씩 다녔어. 남자들은 어징이(소심하고 능력 없는 사람) 같아가지고 끼지도 못했어.

김경희 : 50명씩 다녔어? 엄청나네.

주 여사 : 관광차 불러서 다녔지. 우리 시어머니가 손
자들 밥해 먹이고 그랬어. 우린 놀아야 하니까. 우리가
가장이니까 뭐 아무도 야단할 수도 없지. 시아버지도
안 하고, 오히려 저것들이 일 다 한다고 칭찬하고 그랬
지. 일 싹 다 하고, 논도 사놓고. 그래놓고 놀러 다녔어.

김경희 : 그럼 놀 때 놀더라도 일은 다 해놓고, 논도
좀 사놓고 친구들이랑 놀러 다녀야겠네.

주 여사 : 그래야지. 그래야 마음 편하게 재밌게 살지.

유튜브에 빠진 주 여사.

숨소리

9시 30분만 되어도 TV 앞에서 꾸벅꾸벅 조는 주 여
사, 10시에는 꼭 잠자리에 든다. 그러면 나는 리모컨을
찾아 채널을 돌린다. 주 여사 말로는 '저렇게 자기들끼
리 정신 사납게 웃고 떠드는데 누가 돈을 주는 거냐'던
예능 프로그램을 본다. TV를 보며 웃는 틈틈이 주 여사
의 코 고는 소리도 함께 듣다 보면 어느새 자정을 넘긴
다. TV를 끄고 자리에 누운 고요한 밤. 잠이 오지 않아
핸드폰을 만지고 있다가 슬금슬금 일어난다. 코 고는 소
리가 들리지 않으면 조용히 할머니 옆으로 간다. 코끝
에 손을 가만히 대고 숨을 쉬는지 확인한다. 그리고 이
어지는 코 고는 소리.

새해 첫날 다 같이 떡국이나 먹자며 온 식구가 한집
에 모였다. 주 여사는 일찌감치 거실 TV 소리가 잘 들리
지 않는 끝 방에 누웠다. 그리고 나는 잠을 자기 전 할머
니가 잠든 방에 슬쩍 들어간다. 할머니 코끝에 손을 가

져다 대고는 이내 안심하고 문을 닫고 나온다.

　따로 살게 되면서 나는 전화로 할머니의 숨소리를 대신한다. 손을 코끝에 가져다 대는 버릇은 핸드폰 통화 버튼을 누르는 것으로 바뀌었다. 1분을 채 넘기지 않는 전화.

　"할머니, 뭐 해?'
　"그냥 있지. 지금 출근하고 있어?'

　할머니의 코 고는 소리 대신 출근하고 있냐 묻는 말에, 방문을 닫고 나오듯 전화를 끊는다. 오늘도 안심이다.

쓸모

내가 유치원에 다닐 때 주 여사는 두 손으로 양말을 쥐고 발에 넣는 것과 두 팔을 위로 올려 윗옷을 벗는 것을 알려줬다. 초등학교에 들어가서는 계란프라이 하는 방법을 알려줬다. 나도 해보고 싶다고 옆에서 조르면 할머니는 불조심을 강조하며 차근차근 계란프라이 하는 법을 보여줬다. 열 살 때는 할머니에게 밥하는 방법을 알려달라고 했다. 할머니는 쌀은 세 번 씻어야 하고, 밥통에 넣을 때는 손가락에서 손등에 올라오는 지점까지 물 양을 맞추면 된다고 했다. 열세 살 때는 세탁기 돌리는 법을 알려줬다. 그러니까, 지금의 내가 혼자서도 제 몫을 해내며 살 수 있는 건 모두 할머니가 알려준 셈이다.

이제는 내가 할머니에게 알려준다. 어렵게 왜 이런 걸 쓰냐 말하던 새로 바꾼 부엌 인덕션 사용법을, 맨날 갖고 다녀도 모르겠네 하는 핸드폰 사용법을, 뭐 이렇게 쓸데없이 기능이 많냐던 리모컨 사용법을. 내가 주 여사에게 배울 수 있는 건 다 배웠고, 이제는 어른이 된 내가 할머니에게 가르쳐주는 시기가 왔구나 싶었다.

그런데 주 여사가 어느 날은 그런다.
"늙으면 죽어야 돼. 쓸모가 없잖아."
이제는 나이 먹으니까 짐이 된다고, 짐이 되는 존재는 싫다고. 그런 말이 어딨어, 할머니. 주 여사의 대부분의 삶은 누군가를 양육함에 있었다. 그들이 모두 어른이 되자, 주 여사는 더 이상 밥 안치는 법도 세탁기 돌리는 법도 알려줄 데가 없게 되었다.

"할머니는 딸이랑 사위한테 시간을 준 거잖아. 우리 엄마 아빠가 나에게 해줘야 할 일을 할머니가 대신해준 거니까, 할머니는 쓸모를 충분히 적립해둔 거야. 그러니까 쓸모없다는 소리는 안 해도 돼."

그렇게 말해도 남들 다 하는 거 했을 뿐이라고, 지금은 영 쓸모없는 노인이라고 말한다. 그런데 참 신기하지? 생각해보면 나는 요즘도 할머니를 보며 배운다. 죽음을 대하는 주 여사의 태도를 통해 노년의 삶을, 주 여사와 노인정 할머니들을 보며 연대할 수 있는 관계 맺기의 중요성을, 멈추지 않고 계속 배우며 살아가는 것을, 어떻게 나이 들지를. 나에게 먼일 같지만, 언젠가는 겪게 될 것들을 주 여사를 통해 또 배운다.

가성비 따지고 효율을 따지는 시대, 손녀딸은 쓸모없는 시간, 쓸모없는 관계, 쓸모없는 모든 것들에 대해 이리 재고 저리 재며 산다. 하지만 어떤 건 그저 존재만으로도 쓸모의 기능을 한다. 주 여사가 지금 여기 존재하는 것처럼. 주 여사의 쓸모는 내가 언제든 전화 걸면 "어~~ 출근하고 있어?"라고 말해주는 것만으로도 이미 충분하다.

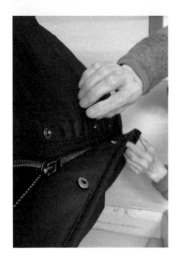

어느 겨울,

서른 넘은 손녀딸을 챙기는 주 여사.

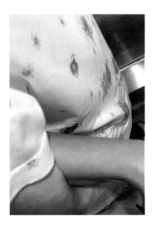

손녀와 팔짱 끼고

마트에서 함께 장보기.

산으로 가는 대화 : 주옥지에 대하여

□

1. 좋아하는 연예인 : 연예인은 이제 봐도 모르지 뭐. 그냥 9번에서 틀어주는 일일 드라마에 나오는 착한 애들은 좋지. 근데 지금은 새로 시작한 지 얼마 안 돼서, 딱히 없어. 뭐 연예인 좋아해서 뭐 해.

2. 좋아하는 음식 : 장아찌, 된장국 이런 게 좋았는데, 맨날 너네가 보내주는 거 먹고 그러다 보니까 입맛도 바뀌었어. 그 치킨 달달한 거(교ㅁ 허니콤보)랑 갈비탕, 그 시커먼 닭 그거(찜닭)랑 국수가 좋아.

3. 좋아하는 커피 : 봉지 커피만 먹었는데 그 나윤이랑 갔을 때 먹은 커피랑(드○탑 화이트 모카) 너랑 갔을 때 먹은 커피 그게 좋아(스△벅스 돌체라떼 연유추가, 혹은 바닐라라떼 샷 하나 빼고 바닐라 시럽 추가).

4. 좋아하는 과일 : 그 빨갛고 작은 거(체리), 포도(청포도)랑 그리고 네가 며칠 전에 사 온 그 비싼 포도(샤인머스캣). 홍시고 사과고 다 맛없어. 귤은 시기만 하고.

5. 좋아하는 색 : 자주색이랑 분홍색이 좋아. 색이 있는 게 좋아. 시커멓고 그런 거 싫어. 비기 싫어. 며칠 전에 너네 큰삼촌이 나 입으라고 시커먼 패딩을 사 왔는데 아휴 칙칙해서 못 입겠어. 이건 비밀이야.

6. 가장 좋아하는 손녀 : 옆에 희연이가 있으니까 희연이로 할게. 안 그럼 희연이 삐쳐. (한참을 웃고) 너네 셋이 젤 좋지. 그다음으로는 동근이, 나머지는 다 똑같아.

7. 노인정에서 가장 좋은 친구 : 14층 할머니가 가장 좋지. 항상 나서서 사람들 도우려 하고, 똑똑해서 나랑 대화가 잘 통하거든. 경우도 있고.

8. 소원 : 통일이지 뭐. 천지 원수가 통일이야. 통일되면 이북 가서 우리 아버지랑 삼촌 행적 찾는 게 내 소원이야. 그리고 고향에 한 번 가보는 거. 고향에 아무도 없지만 가보고 싶어. 너네 삼촌들한테 말해볼까 했는데 이게 좀 어렵더라. 다들 바쁘니까. 거기 가면 조상들 묘도 있으니까 가서 보고 싶고. 거긴 저녁에 게 쪄서 회랑 먹으면 좋은데.

9. 취미 : 책은 재미없고, 테레비 보면서 정치인들 욕하는 게 일이고 취미지. 꼴 보기 싫어 죽겠어 아주.

10. 꿈 : 국회의원. 정치하고 싶어. 진정으로 국민들 위해서 일해보고 싶어.

바라는 거 없어

□

스무 살 때, 엄마는 내가 남들이 다 알 만한 대학을 가길 바랐다. 큰딸이니까, 모두의 반대를 무릅쓰고 미국도 보냈으니까, 너는 내 자랑이니까. 그랬던 딸이 입학한 곳은 서울을 벗어난 곳이었다. 크게 티를 내진 않았지만 엄마는 지나가는 말로 못내 아쉬움을 드러냈다. "난 ○○대는 갈 줄 알았지!"

서른 살, 엄마는 내가 결혼하기를 바랐다. 왜 연애는 안 하냐, 다들 결혼하는데 너도 해야 하지 않겠냐면서. 엄마의 말에 감정이 쌓일 때쯤이면, 나는 제발 좀 그만하라며 엄마와 며칠에 걸쳐 냉전을 치르기도 했다.

물론 엄마의 마음을 모르는 건 아니다. 한창 수험 공부할 시기에 별안간 교환학생으로 외국을 가겠다 했던 딸을 적극적으로 응원하고 지원해줬던 엄마다. 당신 부모로부터 받지 못한 지원을 내 자식에게는 해줬으니 대

186

학은 잘 가겠다 싶었겠지. 모자랄 거 없는, 엄마 눈에 마냥 예쁘고 착한 내 딸이 연애도 안 하고, 결혼할 생각도 없다 하니 답답했겠지. 자식의 학벌과 결혼이 엄마의 과업이라 여겨지는 세대니까 초조했을 것이다. 이따금 친척들을 만나고 올 때나, 친구 자식의 결혼식을 다녀올 때면 엄마는 알 수 없는 패배감을 느꼈을 거라 짐작할 뿐이다. 엄마의 노동은 혼자 잘 먹고 잘 살기 위함이 아니었으니까. 자식을 위한 것이었으니까. 엄마의 마음을 이해하면서도 가끔 툭 내뱉는 엄마의 말에 내 마음은 자주 뾰족해졌다.

그럴 때면 할머니의 말을 떠올렸다.

"나는 너한테 바라는 거 하나도 없다. 그저 방 정리나 잘하면 된다."

당신 손으로 키운 손녀딸에게 바라는 게 두둑한 용돈도 성공도 아닌 고작 방 청소라니, 피식 웃음이 나온다. 그렇게 웃다 보면, 집 전체도 아니고 내 방 청소만 잘해도 할머니에게 효도하는구나 싶어 괜스레 뾰족했던 마음이 사라지고, 어깨를 짓누르던 무게도 가벼워졌다.

매일 내 방에 오면 기겁을 했던 주 여사. 옷은 옷장이 아닌 침대에 걸쳐져 있고, 아침에 머리 말리느라 꺼낸 수건은 의자에, 책들은 책장 아래부터 침대 밑까지 삐곡하게 쌓이고 널브러져 있고, 전날 마시던 물컵이 화장대에 있는 걸 본 주 여사는 "아휴 저거 어쩌면 좋아" 하면서도 다 큰 손녀의 방을 깨끗이 치웠다. 학생일 때도, 직장인일 때도. 이제는 따로 살고 있어도 할머니는 만날 때마다 나에게 말한다. "방 청소 좀 잘해라. 너한테 바라는 건 그거 하나다. 네 방 청소하고 나면 땀이 났어, 땀이." 종종 손녀가 사는 집에 와서 가장 먼저 하는 일은 방을 슬쩍 둘러보는 일이다. 그러고는 말한다. "이제는 좀 깔끔하게 하고 사네."

책임감에 짓눌려 늘 잘해야 한다고 자신을 괴롭혔다. 직장인으로, 글 쓰는 사람으로, 손녀로, 딸로, 언니로 전부 잘 해내고 싶어 조급했다. 그때마다 할머니의 말을 떠올린다. 방 청소만 잘해도 주 여사에게 효도가 된다, 조금 가볍게 생각하자, 고. 출근하면서 이불 정리를 했으니 오늘 하루 내 몫을 충분히 해낸 거라고. 그거면 충분하다고.

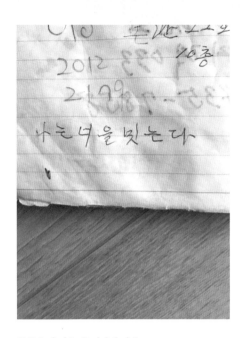

꾹꾹 눌러 담은 주 여사의 마음.

"나는 너를 믿는다."

산으로 가는 대화 : 추억에 대하여

□

○ 1원과 미루꼬

김경희 : 주 여사 인생에 좋았던 기억은 뭐야?

주 여사 : 나 어렸을 때 아버지가 1원을 줬어. 그때는 지폐였거든? 그걸 받아서 미루꼬(캐러멜) 한 보따리 샀지. 그렇게 사고도 돈이 남았어. 그래서 미루꼬랑 남은 돈 다시 아버지한테 가져다드렸지. 그러면 아버지가 날 혼냈어. "동네 애들이랑 나눠 먹어야지 왜 혼자 먹어? 너는 이게 탈이야. 돈이 남으면 가져야지, 왜 도로 줄 생각을 해? 두고두고 사 먹어." 그때가 가장 좋았어. 아부지도 있고, 시골에서 애들이랑 놀면서 지냈던 때가.

□ 주 여사의 손맛

김경희 : 오징어볶음을 했는데, 할머니가 해주던 맛이 안 나. 비법 좀 알려줘.

주 여사 : 소고기 다시다랑 미원을 넣어. 멸치 다시다는 안돼. 소고기 다시다를 한 숟가락 넣어야 해.

김경희 : 할머니 죄다 조미료잖아! 으으으.

주 여사 : 디나 안 디나 조미료 어쩌고 하지 말고 그냥 넣어. 너 그거 먹고 컸는데도 지금 건강하잖아.

김경희 : 조미료 싫어!!

주 여사 : 싫긴 뭘 싫어, 지금까지 조미료 먹고 컸으면서. 너 감자 삶을 때는 뉴슈가 한 스푼 넣어. 그냥 넣어.

◇ 새거가 최고야

김경희 : TV 보면, 할머니들이 손녀한테 뭐 물려주고 그러잖아. 할머니는 나한테 뭐 물려주고 싶은 거 없어? 반지나 그런 거.

주 여사 : 너 뭐 내 것 중에 갖고 싶은 거 있어? 그럼 가져가. 근데 가져갈 만한 게 없을걸? 그냥 네 돈으로 좋은 거 사지 뭘 물려받아. 새거 사.

○ 그냥 할머니

김경희 : 할머니는 어떤 할머니가 되고 싶었어?

주 여사 : 그런 거 생각할 여유가 어디 있었겠냐. 살다 보니까 할머니가 됐지 뭐. 지금 생각해보면, 어떤 할머니가 되고 싶은지 모르겠어. 어려워. 뭐 이래라저래라 말하면 괜히 잔소리만 될 것 같고, 가만히 있자니 좀 무심한 할머니 같고…. 어려워. 그냥 할머니지 뭐.

epilogue.

우리의 시간

주 여사와 한집에서 함께 먹고 자고 했던 시간이 20년이 훌쩍 넘는다. 할머니와 손녀로 만난 지는 올해로 꼬박 32년이 됐다. 긴 시간이 쌓여 있으니 책 한 권 쓰는 일쯤이야 싶었지만, 활자로 남길 수 있는 건 생각보다 많지 않았다. 제일 가까운 사람임에도 주 여사가 할머니가 되기 이전의 삶은 잘 알지 못했고, 함께한 수많은 시간 중 기억에 남는 건 얼마 되지 않았다. 쓰는 내내 생각했다. 왜 더 많이 기록하지 않았을까. 왜 기록할 생각조차 못 했을까 나는. 그러다가도 한때 동네에서 목소리깨나 컸던, 건강하고 든든했던 주 여사의 모습을 글로 남기게 되어 얼마나 다행인가 싶다. 앞으로 이 기록을 붙잡고 주 여사를 선명하게 기억할 수 있으니 말이다.

주 여사에 관한 책을 쓰기로 하고, 글을 쓰고 책으로 만들어지기까지 1년이 채 걸리지 않았다. 그사이 내게 달라진 거라고는 나이뿐인데, 주 여사에겐 그렇지 않았다. 주 여사의 얼굴은 더 움푹 파이고, 앙상한 뼈가 선명하게 드러났다. 방광에는 작은 혹이 생겼다. "옛날에 말이야~"로 시작하던 주 여사 레퍼토리를 대신해 "아휴 자꾸 아프네"로 대화가 채워졌다. 2주 전, 주 여사의 안방에는 지팡이가, 현관문 밖에는 보행기가 생겼다. 하루 건너 하루 듣는 소식은 "밤에 한숨도 못 잤어", "왜 이렇게 아픈 걸까?"하는 말들. 덩달아 나도 하루건너 하루 마음 졸이며 산다.

이 글을 쓰는 지금도 주 여사의 시간은 내 시간보다 곱절은 빠르게 흘러가고 있다. 그만큼 주 여사 몰래 눈물 흘리는 일도, 겁도 많아졌다. 그럴 때마다 주 여사와 나만 아는 감각을 떠올린다. 수줍음이 많아 처음 가는 학원 앞에서 쭈뼛거리고 서 있을 때, 괜찮다고 별거 아니라며 안심시키던 목소리, "아프지 마라, 아프지 마라" 배를 문질러주던 손길, 머리카락을 빗기고 잔머리 하나 없이 꽉 묶어줬을 때 전해졌던 단단함. 그럴 때면, 어쩐지 빠르게 흘러가는 시간이 마냥 무섭지만은 않다. 시간이 많이 흘러 주 여사와 내가 잠시 이별하는 시간이 오더라도 내 몸에 새겨진 주 여사의 흔적으로 늘 함께하는 거나 마찬가지니까.

Thanks to.

"주 여사님에 관한 책을 한 권 써보시는 건 어떨까요?"라는 제안에 이어진, 단 한 번도 뵌 적 없는 어느 할머니와 손녀의 이야기에 왈칵 울어버린 어느 여름날. 비슷한 추억과 애틋함을 가진 손녀들이 만나 메일을 주고받았다. 이따금 울고, 때로는 할머니에 대한 서로의 이야기를 나누며, 그렇게 애틋함이 모여 만들어진 책. 내게 후회를 조금 덜어낼 수 있는 귀한 시간을 선물해준 고마운 자기만의 방 팀에게 가장 큰 감사의 마음을 전한다.

할머니의 일상은 여전히 단조롭다.

아침에 일어나 뉴스를 잠깐 보고
10시가 되면 노인정으로 향한다.
친구들과 함께 놀다가 점심밥을 안치고 반찬을 만들어 먹는다.
그러고는 TV를 보고 수다를 떨면서
시간을 보낸다. 오후 5시가 되면 집으로 와
저녁을 먹고는 다시 TV를 보다가 잠든다.

때로는 친구들과 공원 한 바퀴를 걸으며
운동을 하거나 책을 보기도 한다.
더는 일하러 간 딸과 사위를 대신해
살림을 도맡아 하지 않는다.
손녀들을 양육하지 않아도 된다.
책임감에서 벗어난 그 시간 속에서
매일 어제와 같은 오늘을 살아간다.

그런 할머니의 시간이 부러울 때가 있다.
이따금 잔뜩 일을 벌여놓고 그 일의 무게에 짓눌릴 때,
휴식이 간절할 때, 책임감에서 벗어나고 싶을 때마다.
그렇게 말하면 할머니는 내가 부럽다고 한다.
젊으니 어디든 자유롭게 갈 수 있지 않냐며,
무엇이든 배울 수 있는 에너지가 있지 않냐면서 말이다.
일하고 돈을 벌지만, 이따금 버거워하는 내 삶을
할머니는 부러워한다.

주 여사는 "예전에는 말이야~"로,
나는 "언젠가는~"으로 이야기를 시작한다.

90세 할머니와 32세 손녀는
서로 가질 수 없는 시간을 부러워하며 함께 살아간다.
할머니는 이미 겪었던 지난 시간을,
나는 언젠간 겪게 될 앞으로의 시간을.

사는 거 미리 겁먹지 마
어떻게든 살아지게 돼

지금 많이 웃으며 살아

Editor's letter

에세이는 다른 사람이 살아가는 이야기를 들려주는 장르라고들 합니다. 특별한 이야기를 좇아 특별한
사람들을 찾아다니지만, 정작 우리 곁에, 내 곁에 있는 '특별함'을 알아보는 건 쉽지 않은 것 같아요.
주 여사님의 이야기를 책으로 낼 수 있게 되어 행복합니다. **민**

책을 만드는 동안 "누구의 삶에도 대단한 것이 있다"라는 말을 자주 되뇌었습니다(에디터 민의 한마디).
주 여사님께 이 책을 보여드리는 날을 떠올리며, 주 여사님과 많이 닮은 저희 할머니를 그리워하며
그 어느 때보다 잘 만들고 싶었어요. 우리의 할머니들께 보내는 분홍빛 편지라고 생각하면서요. **희**

보고 싶은 나의 두 할매들. 강화 할머니, 할머니 들기름이 제일 맛있어요. 문산 할머니, 무판지 잘 먹을게요.
입맛 없을 때 최고! 그리고 두 번째 꼭 하고 싶었던 말. 나의 가장 소중한 두 사람, 아빠랑 엄마를 낳아주셔서
감사합니다. 건강하게 오래오래 우리 곁에 있어주세요. **소**

제 꿈은 멋진 할머니가 되는 것입니다. 그럴 때마다 어느 이국의 정원에서 쿠키를 굽는 할머니를
떠올려왔어요. 그런데 이젠 매일 아침 뉴스를 챙겨보고 노인정 총무 일을 도맡아 하는, 정의롭고 씩씩한
할머니를 상상해봅니다. 멋지게 늙는다는 것은 무엇일까요. 아직도 잘 모르지만,
주 여사님 같은 할머니가 될 수 있다면 참 좋을 것 같아요. **령**

할머니의
좋은 점。

1판 1쇄 발행일 2020년 6월 2일

지은이 김경희
발행인 김학원
발행처 (주)휴머니스트출판그룹
출판등록 제313-2007-000007호(2007년 1월 5일)
주소 (03991) 서울시 마포구 동교로23길 76(연남동)
전화 02-335-4422 **팩스** 02-334-3427
저자·독자 서비스 humanist@humanistbooks.com
홈페이지 www.humanistbooks.com
시리즈 홈페이지 blog.naver.com/jabang2017
디자인 스튜디오 고민 **용지** 화인페이퍼 **인쇄** 삼조인쇄 **제본** 정민문화사

자기만의 방은 (주)휴머니스트출판그룹의 지식실용 브랜드입니다.